魔王学院の不適合者14〈上〉

MAOH GAKUIN NO FUTEKIGOUSHA

~史上最強の魔王の始祖、転生して子孫たちの学校へ通う~

著†秋
illustration†しずまよしのり

魔王学院の不適合者

登場人物紹介

レイ・グランズドリィ

かつて幾度となく魔王と死闘を繰り広げた勇者が転生した姿。

ミサ・レグリア

大精霊レノと魔王の右腕シンのあいだに生まれた半霊半魔の少女。

シン・レグリア

二千年前、《暴虐の魔王》の右腕として傍に控えた魔族最強の剣士。

イザベラ

転生したアノスを生んだ、思い込みが激しくも優しく強い母親。

グスタ

そそっかしくも思いやりに溢れる、転生したアノスの父親。

エールドメード・ディティジョン

《神話の時代》に君臨した大魔族で、通称"熾死王"。

鍛冶世界バーディルーア

序列三位。よろず工房が支配する鍛冶師たちの世界。

傀儡世界ルツェンドフォルト

序列四位。傀儡皇が支配する人形にまつわる魔法が発展した世界。

災淵世界イーヴェゼイノ

元序列五位。災人が住まい支配する渇望の獣が闊歩する世界。

Maoh Gakuin no Futekigousha
Characters introduction

【魔王学院】

アノス・ヴォルディゴード

泰然にして不敵、絶対の力と自信を備え、《暴虐の魔王》と恐れられた男が転生した姿。

ミーシャ・ネクロン

寡黙でおとなしいアノスの同級生で、彼の転生後最初にできた友人。

サーシャ・ネクロン

ちょっぴり攻撃的で自信家、でも妹と仲間想いなミーシャの双子の姉。

エレオノール・ビアンカ

母性に溢れた面倒見の良い、アノスの配下のひとり。

ゼシア・ビアンカ

《根源母胎》によって生み出された一万人のゼシアの内、もっとも若い個体。

エンネスオーネ

神界の門の向こう側でアノスたちを待っていたゼシアの妹。

学院同盟
パブロヘタラ

銀水聖海に秩序をもたらすべく作られた、様々な世界が加盟している同盟。

魔弾世界
エレネシア

聖上六学院序列一位。深淵総軍が支配する軍隊然とした世界。

聖剣世界
ハイフォリア

序列二位。狩猟義塾院が支配する剣と騎士道の世界。

§プロローグ【～聖遺言～】

吟遊世界《ぎんゆうせかい》ウィスプウェンズ。

雲が歌い、木々が奏《かな》でる、吟遊詩人たちの桃源郷。いずこから歌声が響けば、千里先まで風が運び、人々の耳を楽しませる。

枯れない桃の木と永遠に続く春の日差し。不思議な歌に守られたその小世界では、魔王でさえも骨を休めると言い伝えられている。

そんな常春《とこはる》の楽園を、初老の男が駆けていた。

先王オルドフ。聖剣世界ハイフォリアの前元首だ。

手には光り輝く聖剣を携え、纏《まと》った衣服は血に染まっている。腹部と左足、右肩には魔弾で撃ち抜かれたような痕があった。

全身から滝のような汗を流しながら、息を弾ませ、オルドフは走り続けている。時折、後ろを振り返り、追っ手を警戒していた。

桃の木が天を覆う並木道に入り、彼は道沿いに進んでいく。左足から血が滲《にじ》むも、気にしている余裕はないとばかりに前進を続けた。

長い長い並木道の先には、巨大な宮殿がある。

ウィスプウェンズの元首、吟遊宗主《ぎんゆうそうしゅ》シャオ・ナクレの住む場所だ。

吟遊宗主とオルドフは知己であり、彼女の宮殿ならば追っ手も手が出せないと踏んだのだ。

道程はあと四分の一ほど。

傷ついた左足に鞭《むち》を打ち、消耗した魔力をかき集めて、オルドフは駆ける。

瞬間、彼はなにかを察知したように視線を険しくした。

「――《魔深根源穿孔凶弾《ベリアリウス》》」

上空から魔弾が撃ち放たれ、桃の木々が弾《はじ》け飛ぶ。その鋭利な弾丸は吸い込まれるようにオルドフの胸を貫き、根源に食い込んだ。

「ぬ、ぐぉっ……!!」

糸の切れた人形のように、オルドフはその場に崩れ落ちる。

足音が聞こえた。

桃の並木道を規律正しく壮年の男が歩いてくる。

孔雀《くじゃく》緑の軍服には飾緒と勲章がつけられ、ジャケット風のマント――いわゆるペリースを左肩にかけている。まっすぐかぶった制帽には炎の紋章があった。

魔弾世界エレネシアが元首。深淵総軍大提督《しんえんそうぐん》ジジ・ジェーンズである。その顔には軍人然とした厳《いか》めしさがあり、なによりも冷徹であった。

ジジは倒れたオルドフから距離を空け、立ち止まった。

殺気を秘めた眼光が鋭く彼を射貫《いぬ》く。

《魔深根源穿孔凶弾《ベリアリウス》》を根源に撃ち込んだとはいえ、相手は聖剣世界の前元首。幾度も奇跡を起こした勇者オルドフだ。その底力を警戒するように、ジジは油断なく直立している。

「…………」

僅かに身を起こし、オルドフは大提督を見据えた。

「なぜだ、ジジ……？」

その問いにジジは答えず、ただ無言でオルドフを見返すばかり。

「なぜ魔弾世界は、銀滅《ぎんめつ》魔法に手をつけた？」

「軍備拡張の理由を問うてどうする？」

表情を変えず、ジジが問い返す。

「禁忌の力に手をつければ、銀水聖海のすべてが貴公の軍の敵に回るだろう」

オルドフは強く糾弾する。

「《銀界魔弾《ソネイド》》は、魔弾世界から遠く離れた小世界をも狙い撃つことができる。それほどの銀滅魔法を捨て置く元首はこの海のどこにもいまい」

「誰もが貴様のように勇敢ではないのだ、オルドフ」

厳しい面持ちを崩さず、大提督ジジは言った。

「信用できんよ、他の世界の連中など。信じられるのは我が軍のみだ」

「……過ぎた力は戦火をもたらすのみだ、大提督。味方を疑い、いらぬ火種をふりまき、よしんばそれで生き延びたとて理想にはほど遠い」

「ならば、いっそ滅べばよいと？」

ジジは真顔だ。

言葉を交わしながらも、その視線は常にオルドフの出方を窺《うかが》っている。

「理解できんね、先王。人とは裏切るものだ。裏切るものが人なのだ。なぜならば、誰しも己こそが主人であり、他者は決してそうなり得ない。よって規律が必要なのだ」

手の平でジジは魔法陣を描く。

「規律を維持するには力がいる」

「力で押さえつけようとすれば、より大きな力によって滅ぼされるだろう」

撃ち抜かれた胸に手を当てながら、オルドフが言う。

血がどくどくと溢《あふ》れている。

根源に食い込んだ《魔深根源穿孔凶弾《ベリアリウス》》は、彼をみるみる滅びへ近づけていく。

「左様。しからば滅ぼされぬよう、もっと大きな力を持てばよい。外敵を上回る力を」

「それではきりがない」

「そんなものが必要か？」

感情なく発せられたジジの言葉に、一瞬オルドフは絶句した。

「今、貴様には私を止める力はない。仮に、貴様に銀滅魔法の引き金を引く術があったならば、私はその青臭い理想に耳を傾けざるを得なかったのだ」

ジジは指先で魔法陣を描く。それは一発の魔弾を構築していく。

「なるほど味方を疑うのは火種しか呼ばない、とね」

魔弾はオルドフに照準を向けている。

彼は奥歯を噛《か》み、聖剣を握りしめた。

「これがあるべき規律だ、オルドフ。これこそが現実なのだ。互いに銃口を突きつけ合って初めて、人は得体の知れぬ他者の価値観を許容できる。撃たぬとわかっているから増長するのだ。

力がないと知っているからこそ残酷になれるのだ」

「……力なき者の言葉に耳を傾けない世界が、そんなに素晴らしいか？」

「現実にこの銀水聖海はそうなのだと言っている。ならば、貼り付けた体面を拭い去るところから始めなければならない。オルドフ。お前と聖剣世界の理想は確かに立派だ。憧れさえある。しかしね、お伽噺《とぎばなし》に人はついてこんよ」

ゆっくりとジジは指先を魔弾へ伸ばす。

魔法の銃口がオルドフに突きつけられた。

「地を這《は》いずる獣に鳥が飛べといっても、そこに生まれるのは嫉妬だけだ」

「戦う力は必要だろう。狩りができねば、飢えて死ぬ。だが、何事にも限度というものがある。座したまま銀泡を滅ぼす力はこの銀海にあってはならない」

「自世界を滅ぼされる危険がなければ、この海に散らばった多種多様な価値観は受け入れられんよ。もしも、貴様らの天敵、災淵《さいえん》世界に力がなければどうしていた？」

一瞬考え、オルドフは答えた。

「……今言えるのは、深く考え、そして対話をすべきだということだ。どれほど小さな言葉であろうとも、我々はそれを尊重しなければならない」

「それが問題なのだ、オルドフ」

ジジの言葉に、オルドフは疑問の表情を浮かべる。

「貴様は小さな言葉と言った。それを尊重しなければならない、と。貴様は知っているのだ。虹路に導かれた己の良心、その正義は聖剣世界の秩序により示された大きな言葉であると。聖剣世界ハイフォリアの大勇者、オルドフの言葉ならば、誰しも傾聴するに値する。だからこそ、小さな言葉を尊重し、拾い上げなければならない」

厳《いか》めしい面持ちで、ジジは言った。

「それは傲慢だ。どれほど綺麗事《きれいごと》を述べようと、小さな言葉だと口にした時点で他者の価値観を見下しているにすぎん」

「私の正義が、常に正義であるかなどわからぬ。だが力で心を踏みにじるのが、そんなにも正道か？」

僅かにジジは笑みを見せる。

「正道というのは野蛮な言葉だな。その正しさの銃弾で、貴様はどれだけの人々の尊厳を撃ち抜いてきたのだ？」

オルドフが胸に当てた右手に、ぐっと魔力を込める。

「私が間違っていると言うのならば何度でも話し合い、変えていけばいいではないか。貴公の魔弾は命を滅ぼすものだ」

「ならば、先に貴様が私の信念を変えてみせろ。無条件に私がやるべきだというその言葉が、すでに私の在り方を軽視している」

鮮血が吹きだし、桃の木々が赤く染まる。

オルドフは右手で己の胸を貫き、根源に食い込んだ《魔深根源穿孔凶弾《ベリアリウス》》をつかんでいた。

そのまま力尽くで魔弾を引き抜き、次の瞬間、彼は思いきり地面を蹴った。

光の矢の如《ごと》く加速し、聖剣を振りかぶっては彼は大提督に押し迫る。

ジジはそれを見越していたように、冷静にオルドフに魔法の照準を定めた。

「やはり、理解できんよ」

魔弾の音が遠く鳴り響き、オルドフの体が崩れ落ちる。

放たれた《魔深根源穿孔凶弾《ベリアアリウス》》が、今度こそ確実にオルドフの根源の深奥《しんおう》に食い込んでいた。

「力はつければいいのだ。生き方は変えられない」

§1.【偽者《にせもの》の証拠】

パブロヘタラ宮殿内、魔王学院宿舎。

バルツァロンドが手にしたハインリエル勲章が光り輝いている。

先王オルドフが今際《いまわ》の際に遺《のこ》した遺言、《聖遺言《バセラム》》。それが見せたのは魔弾世界エレネシアの元首、大提督ジジ・ジェーンズが、オルドフに《魔深根源穿孔凶弾《ベリアアリウス》》を撃ち込む映像だった。

『魔弾世界の銀滅魔法《銀界魔弾《ソネイド》》は、決して撃たせてはならない弾丸だ』

《聖遺言《バセラム》》から、オルドフの声が響いている。

『浅層世界ならばただの一発で滅び去り、深層世界でも無事には済まない。魔弾世界を旅した際、私はそれを魔弾世界の創造神テルネスより打ち明けられた』

ミーシャとサーシャが顔を見合わせる。

創造神の名が今と違うことに、疑問を覚えたのだろう。

『テルネス曰《いわ》く、深淵《しんえん》総軍にて開発中の《銀界魔弾《ソネイド》》は創造神の力を最大限に利用する。もしも、魔弾世界の名が変わることがあれば、そのときは《銀界魔弾《ソネイド》》が完成しているだろう』

どういう理屈かはわからぬが、《銀界魔弾《ソネイド》》の完成に創造神の交代が必要というわけか。

俺がバルツァロンドに視線を向ければ、彼はこくりとうなずいた。

「魔弾世界はかつてテルネスという名だった。一万三千年ほど前、魔弾世界がパブロヘタラに加盟した頃には、すでにエレネシアに変わっていた」

世界の名は、創造神の名を使うのが銀水聖海のルールだ。つまり、創造神テルネスが滅び、代わりにエレネシアが魔弾世界の創造神となった。

《銀界魔弾《ソネイド》》とやらはすでに完成しているとみてよい。

『《銀界魔弾《ソネイド》》の機密を知った私は深淵《しんえん》総軍に追われ、大提督ジジに撃たれた』

ハインリエル勲章がいっそう輝き、《聖遺言《バセラム》》の声が響く。

『息子よ。レブラハルドよ。吟遊世界ウィスプウェンズへ行け。吟遊宗主の力を借りるのだ。我が聖剣世界の未来を……いや、この銀水聖海の未来を守ってくれ』

バルツァロンドは重たい表情で、その言葉に耳を傾ける。

『決して……決してパブロヘタラの思惑通りにさせてはならない……』

ハインリエル勲章の光は次第に収まっていき、やがて消えた。

《聖遺言《バセラム》》が終わったのだ。

「最後の」

レイがバルツァロンドの方を向く。

「どういう意味かな？」

「……父上はかねてよりパブロヘタラには関わるなと言っていた……」

　バルツァロンドが答える。

「背後に複数の、あるいは相当に深い深層世界の存在があるように思えてならない、と」

「つまり、それが魔弾世界だってことかい？」

「……《聖遺言》《バセラム》から考えれば、そういう意味に違いない。大提督ジジ・ジェーンズが、裏でパブロヘタラを牛耳っていたのだろう」

　オルドフが大提督に撃たれたのは、魔弾世界がまだパブロヘタラに加盟する前だ。にもかかわらず、オルドフはパブロヘタラの思惑通りにさせてはならない、と《聖遺言》《バセラム》に遺《のこ》した。

　パブロヘタラは元々が浅層世界や中層世界の集まりに過ぎなかった。そこに魔弾世界が接触し、裏で操りながらも、やがて何食わぬ顔をして自らも加盟したのやもしれぬ。

「だとしても、魔弾世界だけが黒幕なら、わざわざパブロヘタラの思惑通りに、とは言わなかったんじゃないかな？」

「確かにそれなら、魔弾世界の思惑通りにって言いそうよね」

　レイの言葉に、サーシャが同意する。

「普通に考えれば、魔弾世界以外も敵だって意味だと思うけど？」

「パブロヘタラぜんぶが？　でも、ベラミーとかは全然そんな気がしないぞ。オルドフとは旧友だったんだし」

エレオノールがそう言うと、ゼシアがぐっと拳を握る。

「ばぁば……敵じゃないです……！」

「あくまで当時のパブロヘタラの話だからね。オルドフが警戒していたなら、鍛冶世界バーディルーアは、たぶんその頃はまだ加盟してないんじゃないかな？」

レイがバルツァロンドに訊《き》く。

「バーディルーアが加盟したのは、聖剣世界の後だ」

「そっかそっか。じゃ、一万三千年前の旧パブロヘタラが敵だってことだ」

エレオノールはぴっと人差し指を立てる。

「そう単純な話とは限らぬが、魔弾世界が暗躍していたのなら、あり得ぬわけでもない。利害が一致した者たちがパブロヘタラに集ったとすれば、オルドフの言葉も納得がいく」

なにが思惑かは知らぬがな。

少なくとも魔弾世界エレネシアは深層世界であり、序列一位だ。昔も今も、パブロヘタラでは最も発言力が強い。

「……一つ、気になる点がある」

バルツァロンドが言った。

「兄は聖王に即位後、しばらくしてパブロヘタラの学院同盟へ加盟を決めた。父上と話し合ったのだと思っていた。そうでなければ、父上も暢気《のんき》に旅などするはずがない」

言わんとすることは大凡《おおよそ》見当がつく。

「話し合う前に大提督ジジに撃たれ、行方知れずとなったか」

俺がそう口にすると、沈痛の表情でバルツァロンドが首肯する。

「先王が行方不明なんて公にできないから、レブラハルドは隠してたってことよね？　それなら一応は筋が通っているように思うけど……」

サーシャが疑問を向ける。

「……だが、都合が良すぎるのではないか……」

バルツァロンドがそう答えた。

「兄が別人だとすれば、父上ならばもっと早くに見抜いただろう。その父上が、大提督に撃たれ幽閉されていたのだ。これがただの偶然というのは、私には信じられない」

「今の聖王と大提督が共謀しているって言うのかい？」

レイが問う。

「父上の根源に《魔深根源穿孔凶弾《ベリアリウス》》が撃ち込まれているのを知りながら、聖王は大提督に立ち向かおうとはしなかった」

「共謀していたなら、いつからだろうか？」

アルカナが言った。

「……最初からだろう」

最悪の事態とでもいうように、バルツァロンドが言葉を絞り出す。

「旧パブロヘタラがレブラハルドの偽者《にせもの》をハイフォリアに送り込んできた？」

レイが問えば、バルツァロンドは首肯する。

「魔弾世界の秩序に、そこまで精巧な偽者《にせもの》を作る魔法は存在しない。だが、他の世界ならば、可能性がある。旧パブロヘタラは兄の偽者《にせもの》をハイフォリアに送り、それに気がつきそうだった父上に大提督を刺客として放った」

「しかし、そもそもだ」

エールドメードが杖《つえ》を指先でくるくると回転させ、手遊《てすさ》びをしながら口を開く。

「あくまで聖王レブラハルドが偽者《にせもの》だとすればの話だ。まだ証拠はなに一つないのではないか？」

「それは……」

バルツァロンドが返事に窮する。

揃《そろ》っているのは状況証拠ばかり、今のところ推論の域を出ぬ。

「《聖遺言《バセラム》》の映像から推測するに、銀滅魔法というのは銀水聖海において相当な禁忌のようだな？」

エールドメードが問い、バルツァロンドが答えた。

「通常の魔法砲撃で外から銀泡を撃つには、銀水船などで十分に接近しなければならない。それでも威力は減衰する」

銀泡の中に入るには、イーヴェゼイノの災亀やハイフォリアの銀水船など専用の船が必要だ。銀泡の中に入れる状況ならばこそ、魔法砲撃も届くのだろう。

しかし、遠距離からどれだけの威力の魔法を放とうとも、それは銀泡の内側に干渉できぬだろう。生身では銀泡に入れぬのと同じように。

「小世界から他の小世界を撃つことのできる界間砲撃。それが銀滅魔法だ。銀水聖海では禁忌とされ、いかなる争いがあろうともその魔法を研究しないという暗黙の了解がある。銀滅魔法により滅びた根源は火露《ほろ》をも汚染すると言われているからだ」

「汚染とはなにかね？」

エールドメードが問う。神妙な顔でバルツァロンドが言った。

「火露《ほろ》があっても、その働きを為《な》さないということだ」

火露《ほろ》とは、言わば輪廻《りんね》する根源の秩序。それが働かなければ、新たな生命が生まれなくなることに等しい。

銀水聖海において、禁忌とされるのも納得のいく話だ。

「つまり、だ」

エールドメードがバルツァロンドに杖《つえ》を突きつける。

「銀水聖海では、銀滅魔法を持つ小世界は村八分に遭うというわけだな？」

「その通りだ。パブロヘタラでも、学院条約第六条にてそれを堅く禁じている」

「では、そんなリスクを冒してまで、魔弾世界の大提督はあえて先王オルドフに《銀界魔弾《ソネイド》》の機密を漏らしたのかね？」

バルツァロンドが気がついたように口を噤《つぐ》み、じっと考え込む。

「聖王が偽者《にせもの》だと知られないようにオルドフの口封じをしたいのであれば、ただ始末すればよかっただけではないか？」

「……それはそうよね。銀滅魔法のことを知ったら、オルドフだって魔弾世界を警戒するだろうし、わざわざ機密を漏らす意味はないわ」

サーシャが同意するように言った。

「元首を疑うのは早計すぎるということか？」

「いやいや、いやいやいやいや、疑うならば早いに越したことはない。むしろ、疑っているからこそ、証拠が欲しいのだ。疑心は容易《たやす》く己を騙《だま》し、事実から目を眩《くら》ませる」

人を食ったような物言いをされ、バルツァロンドは怪訝《けげん》そうな顔をした。

「一つ聞きたいのだが、オマエや祝聖天主の魔眼《め）で見抜けぬほどの偽者《にせもの》を作れるものかね？」

エールドメードが問う。

「外見だけならば可能だが、根源は極めて難しい。聖剣世界に生まれなければ狩猟貴族の根源にはならない……だからこそ、今まで気がつくことができなかった」

銀水聖海では根源の属性は生まれた世界に影響を受ける。聖剣世界では、祝聖天主の祝福属性となるのだろう。

「では、旧パブロヘタラで偽者《にせもの》が作れる可能性があるのは？」

バルツァロンドはしばし考え込む。

「……深層世界以外は除外していいだろう。粉塵世界《ふんじんせかい》パリビーリャの化粧魔法か、傀儡世界《かいらいせかい》ルツェンドフォルトの傀儡《かいらい》魔法で聖剣世界の住人を操っている……それも他の世界が知り得ない深層大魔法、そうでなければありえない……」

こんなにも長い間、正体を見抜けぬというのだから、そう考える他あるまい。

「カカカ、それならば、聖剣世界の住人がレブラハルドになりすましている可能性の方が高いのではないか」

「狩猟貴族に裏切り者がいるというのか？」

ニヤリ、と唇を吊《つ》り上《あ》げ、エールドメードは言った。

「オマエはどう思う？」

「……やはり、そんなことは考えられない。天主を裏切るような真似《まね》をすれば、狩猟貴族の良心に背く。虹路が現れないのだ。それでは、霊神人剣を抜けはしな……」

はっとしたようにバルツァロンドは言葉を切った。

「そう、そう、それだ。それが証拠になるのではないか？　聖王レブラハルドは、天敵であるイーヴェゼイノが攻めてくるというのに、霊神人剣を鍛え直すのに反対した。いったいなぜ？　なんのために？」

反対する理由などなにもないはずだった。

だが、奴《やつ》が偽者《にせもの》ならば、納得がいく。

「抜けないのではないか？　ん？」

§2. 【三つの問題】

コツ、コツ、と杖《つえ》を床につく音が響いた。

沈黙の最中、エールドメードは人を食ったような笑みを浮かべたまま、バルツァロンドの様子を窺《うかが》っている。

やがて、彼は言った。

「貴公の言う通りだ。確かめるべきだろう」

「んーと、じゃ、とりあえず今、大きく分けて問題は二つあるってことかな？」

それまでぼんやりと聞いていたエレオノールが口を開く。

「聖王レブラハルドが別人かもしれないっていうことと、大提督ジジが《銀界魔弾《ソネイド》》を持ってるってこと」

言いながら、エレオノールは指を一本ずつ立てた。隣でゼシアが真似《まね》するように指を二本立てていた。

「もう一つ」

ミーシャが小さく手を上げる。

全員がそちらに注目した。

「レイが聖王になる約束をした」

「あー、そういえばそうだぞ。レイ君、どうするつもりだったんだ？　どうやって聖王になるのかな？」

なにか考えがあるのかといった風にエレオノールが訊《き》く。

苦笑気味にレイは答えた。

「それだよね」

「それだよねじゃないんだぞ。ミサちゃんだって困ってないかな。だって、全然知らない世界の元首だぞ。もしなれたとしても、じゃ、ミサちゃんは王妃様になるの？」

「え、えーっ。きゅ、きゅきゅ、急になにを言ってるんですかーっ⁉」

ミサが真っ赤な顔で声を上げる。

「んー？　ミサちゃん、ハイフォリアに住むの平気なんだ？」

「え、ええと、だから、住むとかじゃなくてですね、いきなりすぎて困っちゃうと言いますか……」

「止めるなら今のうちに止めないと。なってからじゃ遅いんだぞ」

「で、でもですよ？　止めたら、災人イザークはどうするんですか？　あの人、絶対また来ますよ？」

「そこはやっぱりアノス君になんとかしてもらって――」

「そういうわけにはいかないよ」

柔らかい口調で、けれどもはっきりとレイは言った。

「ごめんね。勝手に決めて」

謝る彼に、ミサは不意を突かれたような顔をした。

「え、あ、いえ……」

「僕たちの世界を巻き込むことになるかもしれないって、わかっていたんだけどね」

申し訳なさそうにレイは微笑《ほほえ》む。

「それでも、目の前で、すれ違っているだけの争いが起きていて、僕は見過ごすことができなかった」

青白い光が発せられ、そこに霊神人剣が現れた。

レイはその柄にそっと触れる。

「何度も僕に力を貸してくれたこの聖剣が、今度は僕に力を貸してほしいって言っているような気がしたんだ。オルドフと、バルツァロンドと、災人イザーク。いや、聖剣世界ハイフォリアと災淵《さいえん》世界イーヴェゼイノには、きっともっと、みんなが納得する道があるはずだって……そう思ったんだ」

するると、バルツァロンドが前へ出た。

彼はエレオノールとミサ、そして最後に俺を見た。

「すべての責はこのバルツァロンドに。今私にはなんの後ろ盾もない。ゆえにどうか、この偉大なる勇者の力を貸してほしい。他の世界に生まれながら、霊神人剣に選ばれ、虹路にさえ導かれるレイは、我が父オルドフが夢見た真の虹路に辿《たど》り着《つ》く存在に他ならない」

跪《ひざまず》き、頭を垂れるようにしてバルツァロンドは嘆願した。

「聖王が別人だとすれば、我が聖剣世界にとって彼こそが唯一の希望。いや、そうでなくとも、狩猟貴族の誇りを失った今の聖王にハイフォリアを統《す》べる資格はない」

はっきりとバルツァロンドは現聖王への不信を告げる。

「何卒《なにとぞ》今しばらく、ハイフォリアに新たな道が見つかるまでで構いはしない。それまでは私が身命を賭《と》して、この誇り高き勇者を守護し、必ず魔王学院に帰すと誓おう！　転生世界ミリティアに火種は飛ばさない。ゆえにどうかっ！」

困ったようにエレオノールが俺を見る。

どうするのよ、と言わんばかりにサーシャが視線を向けてきた。

「どうあがこうが、火種は飛ぶぞ」

俺がそう口にすると、バルツァロンドは奥歯を噛《か》んだ。

「だが、この身命に代えて……」

「先の争いに魔王学院が介入したのは、ハイフォリアやパブロヘタラを敵に回す行為に他ならぬ。銀水聖海の凪《なぎ》を目指す学院同盟の理念からして、こちらの言い分も多少は聞いてもらえるやもしれぬが、ミリティアの立場は厳しいだろうな」

あの介入について、今のところ音沙汰はない。パブロヘタラ宮殿への立ち入りも特に禁じられてはいない状況だ。

だとすれば、恐らく近い内に、六学院法廷会議があるだろう。そこでそれなりの裁定を下すつもりというのが妥当なところか。

「その状況で、ミリティア世界のレイがハイフォリアの聖王になろうとすれば、思惑がないなどとは決して考えまい」

ハイフォリアに対する明確な敵対行動と見なされるだろう。

聖上六学院の二つを抑え、パブロヘタラの実権を握ろうとしていると思われたとて不思議はあるまい。

「天主ならば、耳を傾けてくれるはず。そうすれば……」

「そうではない」

否定してやれば、バルツァロンドは真顔になった。

言葉の意味が、わからなかったのだろう。

「気にせずともよいと言っている」

「……は？」

若干間の抜けた声が上がった。

「どの道、火種は飛ぶ。穏便に済まそうなどと考えるだけ無駄だ」

「しかし、それではミリティア世界に……」

「自分で決めたことの責を、他者に押しつけるようなふとどき者が我々魔王軍にいるはずもありません」

鋭い口調で述べたのはミサの父、シン・レグリアである。

「まして、そのような輩《やから》に娘をやるわけにはいきませんからね。災淵《さいえん》世界と聖剣世界のわだかまりも解けぬ男に、家庭を守れるとは到底」

「え、ええと……」

困ったようにミサが、シンを見る。

先程、レイが聖王になれば、ミサが王妃になると言われたことに対して、釘《くぎ》を刺しておきたかったのだろう。

「も、もっと深刻な話だった気がするんですけど……」

「これ以上に深刻な話などありません」

ぴしゃり、とシンは断言する。

娘の嫁ぎ先に比べれば、聖剣世界の王位継承など些末《さまつ》なことだと言わんばかりであった。

「違いますか、レイ・グランズドリィ？」

その問いに、レイはふっと微笑《ほほえ》んだ。

「それは僕が聖王になったら、少しは認めてくれるってことかな？」

ギロリ、とまるで射殺すような視線がレイの顔面に突き刺さった。かつてないほどの重圧を放ち、シンは告げた。

「なってから言いなさい」

二人のやりとりを、バルツァロンドは半ば戸惑いながら見つめている。

彼にとっては、レイの命を、ひいては転生世界ミリティアの行く末をも左右するかもしれぬ一大事だ。これほど緩い空気で決められるとは、思ってもみなかったに違いない。

「今更そうかしこまることはないぞ、バルツァロンド。目に映る範囲の平和ぐらいは守らねば寝覚めが悪い。お前とて、そうだろう？」

すると、僅かに頭を上げ、バルツァロンドは苦笑した。

「確かにそうだが、元首アノス。貴公らの視野は広すぎる」

苦笑する彼に、俺は笑みを返してやる。

「それはそうとして、《銀界魔弾《ソネイド》》のことはどうするの？」

話が一段落したところで、サーシャがそう切り出す。

「銀滅魔法については、パブロヘタラ全体の問題となるだろう。無論、先王オルドフに魔弾を撃ち込んだジジを、放っておくことなどできはしない」

バルツァロンドはそう言って、ゆっくりと立ち上がる。

「《聖遺言《バセラム》》は兄に宛てて遺《のこ》された。しかし、兄が別人かもしれない以上、私がやらなければならない」

「そのことだがな、バルツァロンド。魔弾世界とは、こちらにも少々因縁があるようだ」

目に疑問を浮かべ、彼は俺を見た。

「魔弾世界の創造神エレネシアは、かつてミリティア世界の創造神だった」

バルツァロンドの表情が驚きに染まった。ミーシャとサーシャを指し示し、俺は続けて説明していく。

「この二人はその娘だ。創造神エレネシアはミリティア世界に従者を寄越したことがある。我が世界では、彼女はすでに滅びたはずだった。ゆえに、本物かは定《さだ》かでなかったが」

「助けてくれたわ。アーツェノンの滅びの獅子《しし》から」

サーシャが言い、ミーシャが続く。

「雪月花。わたしと同じミリティア世界の創造神の権能だった」

バルツァロンドは目を丸くする。

「そのようなことが……転生世界の秩序ゆえか……？」

「わからぬ。だが、直接顔を見せぬのも不思議でな。創造神が《銀界魔弾《ソネイド》》に関係しているというのが事実ならば、よからぬことに巻き込まれているのやもしれぬ」

大提督ジジが彼女の自由を縛っているとも考えられよう。

「亡《な》き父が遺《のこ》した言葉、なにより大提督ジジはその仇《かたき》だ。譲れるものではないだろうが」

「承知した」

俺が言うよりも先に、バルツァロンドは承諾を示す。

「元より、貴公らには返せぬ恩がある。我が父、先王オルドフの《聖遺言《バセラム》》も、貴公らにならば託すことができる」

「銀水聖海に平和を。先王オルドフの遺志を継ぐ者として、相応《ふさわ》しい振る舞いをすると誓おう」

そう口にすれば、バルツァロンドは丁重に礼をした。

「エールドメード」

待ってましたと言わんばかりの表情で、奴《やつ》はこちらを向いた。

「お前は吟遊世界へ迎え。《聖遺言《バセラム》》の意味を調べてこい」

「カカカ、吟遊詩人たちの桃源郷か。では、ついでに生徒たちと魔王聖歌隊を連れていっても構わないかね？」

「許す」

ニヤリと笑い、奴《やつ》は慇懃《いんぎん》にお辞儀をする。芝居がかった調子で言った。

「仰《おお》せのままに」

§3. 【思惑】

コンコン、と室内のドアが叩《たた》かれる。

「客人だ」

イージェスの声が、ドアの向こうから響く。

「通せ」

と、俺が口にすると、ドアが開かれた。

入ってきたのは銀のドレスを纏《まと》い、大きなねじ巻きを手にした少女。裁定神オットルルーである。

「元首アノス。先のイーヴェゼイノ襲来につきまして、本日これより六学院法廷会議を行うことが決定しました。ご同行いただけますか？」

「構わぬ」

歩き出しながら、俺は言う。

「シン、この場は任せる」

「御意」

オットルルーに続いて、魔王学院の宿舎を後にする。宮殿の通路を進み、四方を柱に囲まれた場所に着《つ》く。

設けられた固定魔法陣の上に乗ると、オットルルーは言った。

「聖上大法廷」

視界が真っ白に染まれば、六角形の一室、聖上大法廷に転移した。

見れば、すでに三名の元首が着席している。

序列一位。

魔弾世界エレネシア。深淵総軍《しんえんそうぐん》一番隊隊長ギー・アンバレッド。

序列二位。

聖剣世界ハイフォリア。元首、聖王レブラハルド・ハインリエル。

序列三位。

鍛冶世界バーディルーア。元首、よろず工房の魔女ベラミー・スタンダッド。

「レコルはまだだよ。そろそろだと思うけどねぇ」

砕けた口調でベラミーが言う。

俺は魔王学院の席に座った。

「ハイフォリアの被害はどうだ？」

「災淵《さいえん》世界が相手だったことを考えれば少ないね。獣たちが街まで来なかったのが大きい」

穏やかな口調でレブラハルドが答えた。

被害が少なかったことに対する安堵《あんど》の色が見て取れる。

「うちの弟子たちも無事だったよ。まあ、あんな混戦は二度とご免だけどねぇ。一歩間違えてりゃ、ここにいるメンツも総取っ替えさ」

冗談交じりといった具合でベラミーが言う。

「それほどやわではあるまい」

「よしとくれよ。何度でもやるって言ってるように聞こえちまう」

ベラミーと軽口の応酬をしていると、傀儡《かいらい》世界ルツェンドフォルトの席に転移の魔法陣が描かれる。

現れたのは闇を纏《まと》った全身鎧《よろい》、人型学会の軍師レコルだ。

「揃《そろ》ったようだね」

レブラハルドが言う。

すると、オットルルーが法廷の中心に歩み出た。

「それでは只今《ただいま》より、六学院法廷会議を行います」

いつもと変わらぬ調子で、彼女は事務的に説明する。

「今回の議題は先のイーヴェゼイノ襲来について、事後の処理が中心となります。まず序列五位、災淵《さいえん》世界イーヴェゼイノの元首にパブロヘタラへの再加盟の意思を確認しましたが、応答がありませんでした」

「そりゃそうだろうさ。訊《き》くまでもないことじゃないか」

ベラミーが言う。

オットルルーはそちらを向いた。

「パブロヘタラの前例に則《のっと》って対応を行いました。再加盟の意思を確認できなかったため、災《さい》淵《えん》世界イーヴェゼイノをパブロヘタラの学院同盟から正式に除名します。反対の者は挙手を」

誰の手も挙がらない。

「反対〇。全会一致により、パブロヘタラは序列五位、災淵《さいえん》世界イーヴェゼイノを学院同盟から除名します。以降、イーヴェゼイノの再加盟は六学院法廷会議の決定に従うものとします」

六学院法廷会議で可決されることはまずないだろう。そもそも、イザークからしてパブロヘタラに興味などあるまい。

「それでは次に、イーヴェゼイノ襲来における転生世界ミリティアの条約違反について。元首アノス率いる魔王学院は、鍛冶世界バーディルーアのよろず工房、聖剣世界ハイフォリアの狩猟義塾院、魔弾世界エレネシアの深淵《しんえん》総軍に敵対行動を行いました。これは学院条約第三条並びに第五条に違反します」

オットルルーは俺に向き直り、そう口にした。

「元首アノス。弁解はありますか？」

「攻撃はした。敵対したわけではないがな」

「どういうことでしょうか？」

「言葉より先に剣を向けるのは俺の流儀ではないと言ったはずだ。話し合いの途中で、周りが騒がしくなったのでな。なだめてやったまでだ」

ふー、と静かにレブラハルドが息を吐く。

「そんな方便が通じると思うかい？　イーヴェゼイノは銀泡ごと聖剣世界に食らいついてきた。応戦しなければ、こちらがやられていただろうね」

「ゆえに双方とも無力化してやったのだ。被害は少なかったのだろう？」

「結果としてはね。たまたま危険な綱渡りを成功したということだよ。魔王学院の判断は間違っていたと言わざるを得ない」

「綱から落ちる者など、我が配下には一人もおらぬ」

静かに聖王は俺と視線を交換する。

「試してみるか？」

レブラハルドはその手には乗らないとばかりに、呆《あき》れたような笑みを返してくる。実力行使はせず、あくまで話し合いで決めたいということだろう。

「まあ、レブラハルド君の言う通り、生きた心地がしなかったのは確かだけどねぇ。そこはそれなりの落としどころが必要さ」

頭の後ろで手を組みながら、ベラミーが言う。

「ただ元首アノスがいなけりゃ、ハイフォリアからイーヴェゼイノを切り離すことができなかった。聖剣世界が救われたってことは、認めざるを得ないんじゃないかい、レブラハルド君」

レブラハルドは、すぐに否定はしなかった。

できなかったというのが正確か。鍛冶世界バーディルーアは少なくともミリティア世界に厳罰を求めるつもりはない。ベラミーの言葉はそういう意味だからだ。

「もちろん、頭ごなしに否定しているわけではない」

同盟世界の元首を立てるように、レブラハルドはそう言った。

本意ではないだろうが、この件でバーディルーアと真っ向から対立するのは避けたいといったところか。

「だが、イーヴェゼイノを切り離せなかったというのは語弊がある。魔王学院が立ち塞がらなければ、私たちは災人イザークを狩ることができただろう」

「多くの狩人《かりゅうど》の死と引き換えにか？」

覚悟の上とばかりにレブラハルドは静かに答えた。

「無傷で勝利を得られるとは思っていない」

「そもそも勝つ必要があったのか？　蓋を開けてみれば、イーヴェゼイノが動いたのは災人イザークの意思ではなく、《渇望《かつぼう》の災淵《さいえん》》にあった絡繰神が原因だ」

　机の上で、レブラハルドは手を組んだ。

「隠者エルミデか。そなたがパブロヘタラに上げた報告は聞いている。現時点では判断しようがない。絡繰神も綺麗《きれい》に滅ぼしたとなってはね」

　隠者エルミデの件を、判断材料に取り入れたくはないのだろう。確かに、まだわからぬことばかりではある。レブラハルドにとっては尚《なお》のことだ。

「レブラハルド君の言うとおりさ。だからって、まったく無視するわけにもいかないだろうしねぇ。レコル、ギー、あんたらはどうなんだい？」

　これまで無言を保っていた両者に、ベラミーが水を向ける。

「ハイフォリアとイーヴェゼイノ対立の絵を描いていたのは隠者エルミデだった可能性はある」

　レコルはそう口にする。

　以前に、奴《やつ》は俺に隠者エルミデがパブロヘタラに隠れ潜んでいると言った。他の者には伝えていない様子を見るに、証拠はないのだろうな。

「その場合、災人イーザクを滅ぼしても災淵《さいえん》世界は止まらなかった。死力を尽くしたハイフォリアは共倒れになっただろう」

　レコルの発言を、レブラハルドは黙って聞いている。

「元首アノスが得た情報には価値がある。隠者エルミデと接触した者は他にはいない」

　傀儡《かいらい》世界はミリティア世界の肩を持つという意味だが、なんの思惑もないといったことはあるまい。

「規律が乱れれば、組織は成り立ちません」

実直な口調でギーが発言した。

「大提督ジジの名のもと、魔弾世界エレネシアは学院条約第五条に従い、転生世界ミリティアをパブロヘタラから除名するよう要請します」

これまでの会議の流れからして、さすがに除名要請とまでは思わなかったか、ベラミーが驚いたような表情を浮かべている。心なしか、レブラハルドも予想外といった様子だった。

「ふむ。オルドフの《聖遺言《バセラム》》を知られる前にパブロヘタラでの発言権をなくしておきたいということか？」

そう問いかけるも、軍人然とした表情を崩さず、ギーはまっすぐこちらを見返した。

「質問の意図がわかりません」

「お前はなぜそんなにミリティアを除名したい？」

「魔弾世界は第一に規律を優先するからであります」

その回答に、俺は思わず笑みを覗《のぞ》かせた。

「規律を第一に優先するのであれば、大提督は自ら除名を申し出ているはずだがな」

「なんの話だい？」

ベラミーが問う。

ギーの心中を見破るが如《ごと》く、ゆるりと魔眼《めめ》を光らせる。

突きつけるように俺は言った。

「魔弾世界エレネシアは銀滅魔法を隠している」

§4.【水面下の戦い】

聖上大法廷は静まり返っていた。

レブラハルド、ベラミー、レコルは視線を険しくし、その真偽を確かめるように俺とギーに注意を配る。

口火を切ったのはレブラハルドだった。

「元首アノス。今の発言は間違いではすまない。確証があると考えて構わないね？」

半ば脅すように彼は釘《くぎ》を刺してきた。

「お前の世界の先王が遺《のこ》した言葉だ」

俺がそう口にすれば、聖王は僅かに目を丸くした。

「《聖遺言《バセラム》》か」

「先王オルドフは魔弾世界の機密、銀滅魔法《銀界魔弾《ゾネイド》》の存在を知ったがために、大提督ジジ・ジェーンズの凶弾に撃たれた」

オルドフの身柄はミリティア世界にあった。俺が《聖遺言《バセラム》》を知ることになるのも、レブラハルドには予想の範疇《はんちゅう》だろう。

「真偽を確認したくば、バルツァロンドに訊《き》くがよい。己の弟も信用できぬと言うのならば、それ以上説明しようがないがな」

レブラハルドは黙したまま、俺に視線を向けている。

代わりに口を開いたのはベラミーだ。

「ま、確認するまでもないだろうけどねぇ。バルツァロンド君が先王の《聖遺言《バセラム》》をねつ造するとは思えないよ。そもそも、嘘《うそ》をつき通せるような頭の出来じゃないさ」

よい意味でも、悪い意味でも、バルツァロンドがこの件について嘘《うそ》をつかぬというのは明らかだった。

「確認すれば、すぐにバレる嘘《うそ》をつく理由はなさそうだしねぇ」

ベラミーがそう言うと、レブラハルドは長く息を吐く。

「だとすれば、事はパブロヘタラだけの問題ではなくなってしまうね」

彼はその鋭い視線を、ギーへと移した。

「ギー隊長。答えてもらいたい。元首アノスの言葉は本当かな？」

「は。事実ではありません」

ギーは即座に否定した。

「オルドフが《魔深根源穿孔凶弾《ベリアリウス》》に撃たれたのはあたしでも知ってることさ。その上、大提督殿が撃った証拠が《聖遺言《バセラム》》に遺《のこ》されてる。隠してた銀滅魔法を知られたっていうなら、動機もあるじゃないか」

「は。事実ではありません」

ベラミーの追及に、変わらぬ言葉でギーが否定する。

「銀滅魔法は隠していない。オルドフを撃ってもいないって言うんだね？」

「肯定であります」

「だったら、《聖遺言》《バセラム》のことはどう説明をつけるのさ」

「我々の感知しないことであります。必要であれば、調査を行います」

実直な口調でギーは答える。

「ま、あんたはそう言うだろうねぇ。事実だとしても」

半ば予想していたといった風にベラミーは言った。

銀滅魔法の存在を認めれば魔弾世界エレネシアの立場は厳しいものになるだろう。ここで馬鹿正直に答えはしないというのは、この場の誰もが理解している。

「そなたも事情を知らないだけかもしれない。大提督殿に出てきていただこうと思うが、構わないね？」

レブラハルドがそう切り出した。

「は。それについては許可できません。しばらくの間、パブロヘタラの法廷会議については自分に一任されております」

ギーは要求をあっさりと拒否してのける。

すぐさま、レブラハルドは追及した。

「ことは銀滅魔法とハイフォリアの先王に関わる。それでもかい？」

「肯定であります」

「わからないねぇ。魔弾世界には銀滅魔法より重要な事があるってことかい？　大提督殿はいったいなにをしてるのさ？」

探りを入れるように、ベラミーが問う。

「は。お答えできません」

「事情はわかるさ。とはいっても、今回ばかりは答えられないじゃ済まないと思うんだけどねぇ」

「深淵《しんえん》総軍の機密につき、お答えできません」

「そうかい？　それじゃ、やましいことがあるって言っているようなものじゃないか」

「防衛上の観点からとなります」

ベラミーは呆《あき》れた表情で肩をすくめた。

「ま、押し問答をするつもりはないさ。話を進めようか。レブラハルド君、魔弾世界はミリティアを処分したいとのことだけど、どうお考えだい？」

「ハイフォリアの住人に被害が出なかったのは、転生世界ミリティアの功績によるものが大きい。問題行為ではあるものの、除名はバランスに欠いた判断と言えるだろうね」

あくまで銀滅魔法について説明しないならば、ハイフォリアは魔弾世界エレネシアの要求には賛同しない。そのスタンスをここではっきりと示したのだ。

「魔弾世界は銀滅魔法を隠していないってことだけど、それなら調べさせてもらおうかねぇ」

「要請については拒否します。防衛上、深淵《しんえん》総軍の戦力については開示できません」

ベラミーが言うと、ギーは即答した。

「拒否するのは勝手さ。いつも通り、法廷会議で決めようじゃないか。まさかパブロヘタラの決定にまで逆らうってことはないだろう？」

「もちろんであります。しかし、深淵《しんえん》総軍には軍事上、様々な戦略魔法が存在します。魔弾世界の秩序に精通していなければ、安全を保証できません」

生真面目な口調でギーは言う。

「あんたの言いたいことはわかるさ。確かに魔弾世界は変わってるからねぇ。剣や槍《やり》なんかが使い物にならないんで、鉄火人や狩猟貴族にはちょいと勝手がつかみにくい。魔法を調べていて、うっかり暴発するってこともあるらしいからねぇ。事故が起きちゃ大変だ」

含みを持たせてベラミーはそう言った。

要するに、事故に見せかけてなにをしてくるかわからない、という意味か。

ギーが安全を保証できぬと言ったのも脅しか、あるいは本気で心配してのことだろう。彼の立場は、あくまで軍の部隊長だ。魔弾世界の決定に関与する立場にはあるまい。

魔弾世界エレネシアはパブロヘタラの序列一位。総合的な実力は、他の世界の追随を許さぬだろう。現地で戦うとなれば、更に不利となる。ゆえに、これまでは多少黒い部分があろうとも、パブロヘタラの強制力は発揮できずにいたのだ。

多数決で決まる法廷会議でも、あくまで強気な態度を崩さぬのがそれを裏付けている。

そして、だからこそミリティア世界を除名したがっていた、か。

「では調査が決まれば俺が行こう。事故への安全対策は得意分野だ」

「おや？　そうだったのかい？」

ギーへの牽制《けんせい》か、ベラミーが猿芝居をするのでそれに乗ってやることにした。

「魔弾世界の住人のことまでは面倒を見られぬがな」

「深淵《しんえん》総軍は事故になれてるからねぇ。死ぬこたぁないだろうさ」

事故に見せかけてなにかするつもりならば相応の覚悟をせよ、とここで示しておく。

それぐらいで引くとも思えぬがな。

「それじゃ、発議をしようかねぇ、レブラハルド君」

「もちろん、そうしたいところだ。しかし代理を立てている間にこれだけのことが決まってしまうと大提督殿としても困るだろうね」

「あちらさんがギーに一任するって言ってるんだ。構やしないだろう？」

予定調和と言ったようにベラミーは言葉を返す。

「それでも、礼は尽くしておこう。ギー隊長。三日後、もう一度同じ議題で法廷会議を設ける。今度は是非、大提督殿にも来ていただきたい」

法廷会議に参加し、《銀界魔弾《ゾネイド》》や先王オルドフの件について譲歩しなければ、パブロヘタラは強制的に調査を実行するという意味だ。

「私たちもできればパブロヘタラの理念に則《のっと》り、穏便な話し合いで決着をつけたい。火薬庫に火種を放り込むような真似《まね》をしたくはないからね」

そう言いながら、聖王はちらりと俺の方を見る。

「綺麗《きれい》に火薬だけを消せばいいのだろう？」

「それでも後片付けが大変だ」

そう口にして、レブラハルドはギーに視線を戻した。

「答えはどうか？」

「各元首の主張についてはお伝えします。ただし、ジジ大提督の回答は保証できません」

「それで構わない。大提督殿も気が変わるかもしれないからね」

ギーとレブラハルド、ベラミーは牽制《けんせい》するように視線を交わす。

「レコル。あんたはなにか言うことはないのかい？」

「こちらも代理の立場だ」

銀滅魔法はそれだけ大事だという意味だろう。いずれにせよ次回に持ち越しならば、ここで迂闊《うかつ》な発言をする必要もあるまい。

一通り話がまとまったと判断したか、オットルルーが口を開いた。

「それでは三日後、同じ時刻に六学院法廷会議を開きます。先王オルドフの《聖遺言《バセラム》》についてはオットルルーが確認をとります。本法廷会議を終了します」

すぐにギーとレコルが転移していく。

「やれやれ。穏便に済めばいいんだけどねぇ」

ぼやきながら、続いてベラミーも聖上大法廷を後にした。

「レブラハルド。お前の弟からの伝言だ」

同じく転移しようとしていた奴《やつ》に、俺は声をかけた。

レブラハルドは転移の魔法陣を止め、こちらに疑問の視線を向けてくる。

不敵な笑みを返し、俺は告げた。

「聖王の座を明け渡してもらう」

§5.【聖エウロピアネスの祝福】

聖剣世界ハイフォリア。虹水湖《こうすいこ》。

真夜中、空を飛ぶ銀水船ネフェウスから二つの影が舞い降りる。虹の橋がかかる湖の上に、レイとバルツァロンドは着地した。

二人はそのまま水面を歩いていく。

まっすぐ目的地を目指すバルツァロンドに対して、レイは興味深そうに湖を眺めていた。

様々な虹がハイフォリアの至るところから、この場所へかけられている。他の小世界では見たことのない幻想的な光景だった。

「この間来たときも思ったけど、不思議な場所だよね」

「虹水湖《こうすい》には狩猟貴族たちの良心が集まるのだ」

疑問を浮かべるレイに、バルツァロンドは説明する。

「すなわち、虹路だ。この水にはハイフォリア中の良心が溶けている。なにより神聖で、なにより正しく、そしてなによりも祝福された聖域。それがこの虹水湖《こうすい》だ」

思うところがあったか、レイはじっと湖の一点を見つめた。

「それは、まるで《淵《ふち》》のようだね」

オットルルー曰《いわ》く、《淵《ふち》》とは、想《おも》いの溜《た》まり場《ば》。数多《あまた》の小世界から溢《あふ》れ出《だ》す想《おも》いが集まり、貯蔵される。《渇望《かつぼう》の災淵《さいえん》》には渇望《かつぼう》が溜《た》まり、《絡繰淵盤《からくりえんばん》》には滅びた世界への追憶が溜《た》まる。

狩猟貴族たちの良心が水に溶けているという虹水湖《こうすいこ》は、確かに《淵《ふち》》とよく似ている。

「それほどの影響力はありはしない。《淵《ふち》》は銀水聖海中の想《おも》いが溜《た》まるが、虹水湖《こうすいこ》はあくまでハイフォリアのみの話だ」

そう言って、バルツァロンドが足を止める。

彼は目映《まばゆ》い虹の光の向こうへ声をかけた。

「ご足労いただき感謝します。天主」

雲間が晴れるように折り重なった虹の光が分けられていけば、そこにいた少女の姿があらわになった。

純白の法衣《ほうい》を纏《まと》い、背には虹の輝きを放つ二枚の翼。光の輪が頭上に浮かぶ。聖剣世界ハイフォリアが主神、祝聖天主エイフェである。

「すべては虹路の導きゆえ」

エイフェを中心にして水面に波紋が立った。

それはみるみる広がっていき、同時にかけられた虹の橋に変化が現れる。あたかも天地をつなぐ柱のように、彼らの周囲に立てられたのだ。

そうして、柱の外側から、四人の狩猟貴族が姿を現した。

くせっ毛の髪に羽根帽子をかぶった、紳士然とした男。

叡爵《えいしゃく》ガルンゼスト。

十字の聖剣を背中につけ、怪しい色香を放つ男。

侯爵レッグハイム。

耳に剣状のピアスをした、武人の佇《たたず》まいをした男。

男爵レオウルフ。

そして——聖王レブラハルドだ。

彼はエイフェの隣に並び、バルツァロンドたちに正対した。

「フレアドール卿はいずこか？」

バルツァロンドが問う。

「まもなく来る」

短くレブラハルドは答えた。

「しばらく時間はある様子。その間に、バルツァロンド卿。一つ、お尋ねしてもよろしいですか？」

そう口にしたのは五聖爵の長、ガルンゼスト叡爵である。

「構いはしない」

「確かに我々五聖爵には、天主と聖王、そして五聖爵を招集する権限が与えられております。しかし、その使用は己の良心に従い、然《しか》るべきときとしなければならない。みだりに招集すれば、ハイフォリアの不利益となりましょう」

「承知している」

ガルンゼスト叡爵は、バルツァロンドを睨《にら》む。

「貴公は先日、我がハイフォリアと天主に弓を引き、恩赦されたばかり。本来ならば伯爵の座を剥奪されていてもおかしくはありません。それでもなお、貴公はこの招集が正道であると言い切れますか？」

「私はハイフォリアと天主に弓を引いたことなど一度もない」

毅然《きぜん》とした態度でバルツァロンドは言葉を返す。

ガルンゼストは開いた口が塞がらぬといった様子だ。

「なにを馬鹿な、この痴《し》れ者《もの》め。貴公の矢は天主を射貫《いぬ》いたではないか！」

あまりにも白々しい言い分と思ったか、横からレッグハイム侯爵が口を挟む。

「天主が許したからと図に乗るなよ」

「私の矢は良心の矢。私が射貫いたのは天主ではなく、その過《あやま》ちのみだ」

「なっ……!?　天主が過《あやま》ちだと!?　口が過ぎるぞ、バルツァロンド卿っ！」

「レッグハイム卿。ハイフォリアに弓を引いたのは貴公らではなかったか。先王オルドフの遺志から目を背け、その仇《かたき》である大提督ジジ・ジェーンズから目を背け、道を違えた聖王に忠義の進言すらなさない」

強い口調でバルツァロンドは糾弾する。

「これがハイフォリアへの反逆でなくてなんだと言うのだっ！　貴公らは狩猟貴族の誇りをお忘れかっ？」

「私が正道に背いているだと？」

このハイフォリアにおいては度しがたい侮蔑の言葉なのだろう。憤怒《ふんぬ》の形相でレッグハイムはバルツァロンドを睨《ね》めつける。

「落ちつくのだな、レッグハイム卿。天主の御前だ」

「落ちついてなどいられぬっ！」

レオウルフ男爵が諌《いさ》めるも、ますますレッグハイムは激昂《げきこう》した。

「天主の御旗のもと、聖王陛下の指揮に従い、獣を狩るべく戦った我々が、あろうことかそれを逃がした男に正道を説かれたのだぞっ‼　これほどの侮辱があるかっ！」

「ならば、レッグハイム卿。貴公は先王オルドフが道を誤ったと言うのだな？」

冷静にバルツァロンドが問う。

「戯《たわ》けたことを。先王の行く道は、聖王陛下が継いでおられるではないかっ！」

「ではなぜ、聖王陛下は父が遺《のこ》した言葉を貴公らに伝えていないのだっ？」

バルツァロンドの言葉に、レッグハイムは絶句する。まるで心当たりがないといった顔つきだった。

「……なんだと？」

「我が父、先王オルドフは災淵《さいえん》世界イーヴェゼイノとの争いに疑問を持ち、虹路が必ずしも正しくはないことに気がついた。ゆえに真の虹路を求められたのだ」

レッグハイムは眉根を寄せる。問うまでもなく初耳だというのが、その表情にありありと表《あら》われていた。

「先王オルドフは真の虹路を見せると災人と誓いを交わした。ゆえに奴《やつ》は眠りについたのだ。つまり、先王はしばらくの間、この聖剣世界に災人イザークを匿《かくま》っていたのだ」

「ありえぬことだ！」

「私もそう思った。兄上も」

すぐさま言葉を返され、レッグハイムは二の句を継げない。

ガルンゼスト叡爵が、エイフェを振り向く。

「天主」

「嘘《うそ》ではなきこと」

信じられないといった表情で、レッグハイムは「馬鹿な……」と呟《つぶや》いた。

「先王の遺志を隠すのは聖王レブラハルド、あなたが父と道を違えた証明に他ならない。我々ハイフォリアは選ばなければならないのだ。先王と現聖王、どちらの目指す道が真《しん》に正しいのかを」

バルツァロンドは言う。決意を込めて。

「だからこそ、貴公らを招集した。私は伯爵の名において聖王継承戦を申し入れるっ！」

聖王継承戦。

バルツァロンドが言うには、主神のもと、聖剣世界ハイフォリアの元首の座をかけて行われる神聖なる戦いである。

現聖王に不満がある五聖爵は、これを申し入れする権利を有している。王が道を誤ったときに、その臣下が正す。言わば、自浄作用を目的とした法律だ。

「バルツァロンド卿。聖王継承戦は本人以外の五聖爵の推薦によって申し入れされ、三名以上の同意をもって祝福されるものです」

ガルンゼスト叡爵が理路整然と指摘する。

「貴公は貴公自身を推薦することはできません」

「継承戦に挑む勇士は私ではない」

すぐさまバルツァロンドが答える。

ガルンゼストたちの顔に疑問が浮かんだ。

「転生世界ミリティアの勇者レイ・グランズドリィ。伯爵の名のもと、彼を勇士として推薦する」

バルツァロンドの言葉に合わせるように、レイはその手に霊神人剣エヴァンスマナを召喚した。

「なにを……血迷ったか。他の世界の者を推薦するなど……」

「継承者の条件は、霊神人剣を抜けることだったはずだ」

レッグハイムの言葉に、すぐさまバルツァロンドは反論した。

「確かにそれ以外に定めはありませんが……」

ガルンゼスト叡爵はそう言葉を濁す。本来、聖剣世界の住人以外が霊神人剣を抜くなど、あり得ぬことなのだろう。

だが、レイの存在はその秩序を覆《くつがえ》している。この聖剣世界にとって、彼はまさに不適合者に他ならぬ。

判断を仰ぐように、彼らはエイフェを見た。

「レイ。こちらへ」

静謐《せいひつ》な声で彼女は言う。

すっとレイは歩み出て、エイフェの目の前に跪《ひざまず》いた。

「あなたは霊神人剣に選ばれし勇者。ゆえに聖王たる資格を有す。世界の秩序に背くことはなき。されど世界を作るのは人。人には人の理があるもの」

彼女は言った。

「レブラハルド。あなたの理はいかに？」

「聖王はハイフォリアの進むべき道を定める者だ。そして、ハイフォリアと運命をともにするべき者でもある」

この事態を想定していたのか、レブラハルドは淀《よど》みなく言う。

「挑むのであれば、聖エウロピアネスの祝福にて、そなたをハイフォリアの住人として迎え入れよう。その上で改めて、聖王継承戦の申し入れを行ってもらう」

祝聖天主が賛同しているため、レブラハルドも問答無用で断ることはできない。ゆえに、そのような条件をつけたのだろう。

「継承戦を戦えるのは五聖爵三名以上の賛同がある者のみ。ハイフォリアの住人となったとしても、そなたは聖王になるための戦いの舞台に上がれない可能性もある。それでも、結果にかかわらず、ハイフォリアのために尽力すると誓えるか？」

「誓います」

突きつけられた条件に対して、レイは迷うことなく即答した。

「そなたの故郷、転生世界ミリティアとの戦いとなったとしても、その聖剣をもちて敵を討つと誓えるか？」

「それが正しき道であれば」

なにか思惑があるのか、それとも単純にそう思ったのか、レブラハルドは僅かに微笑《ほほえ》みを覗《のぞ》かせながら言った。

「そなたの心は聖剣世界に相応《ふさわ》しい」

すると、エイフェは跪《ひざまず》くレイの頭にそっと手をかざす。

「レイ・グランズドリィ。体を楽に。良心を委ねなさい。祝聖天主の秩序のもと、聖王の道に従い、あなたを我が世界へ迎え入れる」

両の翼を広げ、祝聖天主エイフェは虹路の光を発する。

「聖エウロピアネスの祝福」

レイの体に、光が集う。

この場に立てられた虹の柱が彼を優しく照らし、祝福していた。

§6．【子爵】

「レイ。あなたはこれでハイフォリアの住人となった。同じ道を歩む同志として、この世界はあなたを歓迎する」

優しい声でエイフェが言う。

目映《まばゆ》い虹路の光が収まっていき、やがて消えた。レイの外見に変化はない。しかし、その魔力にはハイフォリアの祝福属性が感じられる。

さして問題はないだろう。相反する魔力を持つイーヴェゼイノの住人でもなければ、その祝福はプラスにしか働くまい。

影響が大きそうなのは、《転生《シリカ》》か。

ミリティア世界以外の住人が転生するとき、なにが起こるのかはまだ未知数だ。少なくとも、そのときには、このハイフォリアの地に生まれ落ちるだろう。

「これで聖王継承戦の申し入れはできる。フレアドールが来るまで待とうか」

レブラハルドが言った、ちょうどそのときだった。

「聖王継承戦？」

聞き返す女性の声がそこに響く。

虹の柱の向こう側から歩いてきたのは、マントを羽織った男装の麗人である。この場に現れたということは、彼女が五聖爵最後の一人、フレアドール子爵だろう。

「どういうことです、父上？」

彼女はレブラハルドに問う。

「バルツァロンドが彼、レイ・グランズドリィを聖王継承戦に推薦した。これより、五聖爵にて審議を行う」

すると、フレアドールはレイに鋭い視線を向けた。まるで値踏みをするように、魔眼《め》を光らせている。

「狩猟義塾院では見たことのない顔ですね。所属はどこですか？」

詰問《きつもん》するようなフレアドールに対して、レイは柔らかく応じた。

「あいにく僕は転生世界ミリティアの出身なんだ。ハイフォリアの住人になったのはついさっきだよ」

「ミリティア……では貴公が例の……」

レイのことはハイフォリアでも噂《うわさ》になっているのか、思うところがあるといったように彼女が呟《つぶや》く。

そして、すぐさまバルツァロンドに顔を向けた。

「叔父上、なぜ五聖爵でもない男を推薦したのですか？」

「相応《ふさわ》しいと思ったからだ、フレアドール卿」

「父上は偉大なる先王オルドフの血を引く正当なる聖王。なんの不満があるというのですかっ？」

「そう思うなら、審議で反対すればいい。そなたの権利であり、務めだ」

バルツァロンドは率直に述べる。

「元よりハイフォリアの元首は世襲ではない。霊神人剣に選ばれ、正当なる継承の儀にて祝福されたものが即位するのだ。問われるのはただ一つ、我らの揺るぎなき良心だ」

「……叔父上が挑まれるのでしたら、わかります。叔父上は父上同様、霊神人剣に選ばれ、そしてそれを持つことを許された偉大な御方です。我々五聖爵は聖王になるための道を日々邁進《まいしん》してきました。しかし、この者は狩猟義塾院にすら入っていないではありませんか」

「フレアドール卿。貴公は私の目が節穴だというのか？」

バルツァロンドの言葉に気圧《けお》され、フレアドールは一瞬顔を背ける。

「そういうわけでは……しかし、正しき道を歩んできた者に対して、そうでない者が疑義をつけるのは正当ではないと……」

「聖王継承戦がない場合、次期聖王の選定には現聖王の意向が強く左右されるんだってね」

レイがさらりと横から口を挟む。

「それがどうしたのです？」

「イーヴェゼイノ襲来のとき、君は最前線に来ていない。万が一のことを考えて、聖王陛下が次期聖王に考えている者の安全を確保したのかな？」

キッとフレアドールはレイを睨《にら》む。

「ハイフォリアの窮地に戦わなかったわたしは聖王に相応《ふさわ》しくないという意味ですか？」

「ああ、違うんだ。現聖王の意図が知りたかっただけで、そういうわけじゃ――」

「父上っ！」

レイが言い終えるより先に、フレアドールはくるりと振り向き、聖王レブラハルドに詰め寄っていく。

「だから、言ったでしょう。災人イザークが迫る中、五聖爵が狩りに出なければ、そしりを受けるのは明らかだと！　これでは、わたしが臆病風に吹かれたみたいではありませんかっ！」

「何度も説明したはずだよ、フレアドール。災淵《さいえん》世界と真っ向から戦えば、全滅の危険がある。なにをさしおいても、天主だけは守らなければならないからね。しかし、聖王とその継承者、全員を失うわけにはいかない」

聖王がいなければ世界の進むべき道がわからない。五聖爵の一人だけは、最前線に出すわけにはいかなかったのだ。

「わたしでなくともよかったでしょう！　力だけならば、ガルンゼスト卿にも劣りません！」

「そなたが一番若い。その若さと力があれば、万が一の事態にもハイフォリアを導くことができる。そう判断した」

　レブラハルドがそう諭す。

　しかし、フレアドールはまるで引かなかった。

「ですからっ、その判断が間違っていたと言っているのですっ！　戦わなかった臆病者の言葉が、民に届くものですか！　現にわたしはこの不適合者にさえ、聖王失格と言われたのですよっ！」

　レイを指さして、フレアドールは声を荒らげる。言ってないんだけどね、とレイの顔に書いてあった。

「フレアドール。聖王への道を歩むつもりならば、場にそぐわない言動は慎むことだ。いいね？」

　物腰柔らかく、けれども威厳をもってレブラハルドは言う。不服そうな顔をしながらも、彼女は「はい……」と引き下がった。

「でも、どのみち、無駄なことですけどね。叔父上以外に、この男を聖王継承戦の舞台に上げようという五聖爵はいません」

「そうかな？」

　何食わぬ顔でレイが言った。

「君は僕に賛同する気がするな、フレアドール」

「ありえません」

そう言い捨てて、フレアドールは他の五聖爵に並んだ。

「すまないね。彼女は少々正義感がいきすぎるきらいがある」

レブラハルドが言う。

「始めようか」

レイはうなずく。

バルツァロンドが目配せをすると、彼は立ち上がり、霊神人剣をその場に突き刺した。聖剣は大地にそうするかのように、水面に突き刺さっている。

レイが霊神人剣から離れると、続いて祝聖天主エイフェが言った。

「五聖爵が一人、伯爵のバルツァロンドより聖王継承戦の申し入れがなされた。挑みし勇士はレイ・グランズドリィ。彼《か》の道を正しきと信じる者は、その剣と良心にて指し示さん」

バルツァロンドが剣を抜く。

それを水面に突き刺したかと思えば、剣先から真っ白な虹路が伸びていき、レイを照らした。

それが今回の聖王継承戦への賛同を意味するのだろう。

「ほら、結果は明らかです。叔父上しか――」

フレアドールが言いかけたそのとき、一人の男が剣を抜いた。

レオウルフ男爵である。

「どういうことです、レオウルフ卿？」

彼女は怪訝《けげん》そうな表情で追及した。

「見ての通りだ。おれは現聖王レブラハルドの示す道に疑問がある」

フレアドールには取り合わず、レオウルフは聖王に視線を向けた。

「聖王陛下。恐れながら、進言させていただきたい。あなたが正しき道を示すのならば、おれはこの剣を納めよう」

「聞こう」

許しが出ると、レオウルフは言った。

「《聖遺言《バセラム》》により、先王オルドフを亡《な》き者にしたのは魔弾世界エレネシアが元首、大提督ジジ・ジェーンズと判明した。民に義を見せるため、臣下に覇を示すため、聖王陛下におかれましてはこの仇敵《きゅうてき》を討つべきと」

「レオウルフ卿。よく言ってくれた。そなたの進言ありがたく思う」

形式的とばかりにレブラハルドは感謝の意を告げる。

「だが、魔弾世界に表立って侵攻するのは得策ではない。今はまだ。わかってくれるね？」

「……いいや。承服できない。聖王の道は利にあらず、常に義を走るべきだ」

レオウルフは踵《きびす》を返《かえ》す。

「レイ・グランズドリィ。貴公が即位した暁には、先王オルドフの仇《あだ》を討つと誓うか？」

「大提督は罪を犯した。それは償ってもらわなければならないことだ。たとえ、一人で魔弾世界に乗り込むことになろうとも」

「違えれば、おれがお前を殺す」

レオウルフは聖剣を水面に突き刺す。

彼の虹路がまっすぐ伸びて、レイの体を指し示す。

これでレイの賛同者は二人。もう一人が味方につけば、聖王継承戦への資格を得られる。

「ガルンゼスト卿、レッグハイム卿。フレアドール卿。貴公らはそれでいいのか？　父の仇《かたき》を前に、怖《お》じ気《け》づくような聖王の歩む道が本当に正しいと言えるのか？」

レオウルフは三人を挑発するように言った。

「レイ・グランズドリィが必ずしも正しいとは言わん。だが、彼は災人イザークと戦い、生き延びた男だ。現聖王は少なくとも継承戦にて勇気と力を見せる必要がある。怖《お》じ気《け》づいたわけではないということをな！」

レイを認めたというよりは、レブラハルドへの牽制《けんせい》の意味が大きいのだろう。聖王として正しい道を歩んでいるのならば、聖王継承戦を堂々と受けて立ち、それをはっきりと示すべきだ。

そうレオウルフは言いたいのだ。

しかし彼らが賛同することはなかった。

「結果は出たようだね」

レブラハルドが言う。

「レイ。聖王継承戦への申し入れは生涯に一度きりだ。賛同を得られなければ霊神人剣を持つ資格は失われる」

「知っているよ」

「では、バルツァロンド。これまで通り、そなたが所有するといい」

そう口にして、聖王は踵《きびす》を返《かえ》す。

「断る」

足を止めたレブラハルドに、バルツァロンドは言った。

「聖王継承戦への申し入れが叶《かな》わないならば、最早《もはや》私に資格などありはしない。聖王陛下。霊神人剣はお返しします。次に相応《ふさわ》しい者が現れるまで、どうぞその手にお持ちください」

ゆっくりと振り返り、レブラハルドは霊神人剣のもとまで歩いていく。

足を止めると、彼は言った。

「それは本気の言葉か？　霊神人剣を自ら返すのなら、そなたは聖王の継承者となる資格を失ってしまう」

「失いはしない」

バルツァロンドはそう断言する。

理解できないといったようにレブラハルドは眉根を寄せた。

「話が見えないね」

「あなたが真《しん》に相応《ふさわ》しき聖王ならば、この聖剣はお返しすることができるだろう。しかし、そうではないのだ」

レブラハルドとバルツァロンドの視線が交錯する。

「意味がわからないとおっしゃるか？　いつまでも誤魔化し続けるのは不可能だと、すでに気づいておられるはずだ！」

燃えるような瞳が、レブラハルドを睨《にら》みつける。

すると、迷わずレブラハルドは霊神人剣に手を伸ばした。そうして、その柄をゆっくりと握る。だが——抜かなかった。

それは時間にして数秒、しかし五聖爵の三人には長い時間に感じられたことだろう。

小さく、吐息が漏れた。

「…………そなたの言う通りだ……」

霊神人剣をつかみながら、聖王レブラハルドは言ったのだ。

「私はエヴァンスマナを抜くことができなくなった」

§7. 【聖王の悲哀】

奇妙な空気がその場に立ちこめていた。

バルツァロンドを除く、五聖爵の誰もがつい今し方発せられた聖王の言葉を理解できない、そんな表情を浮かべている。

祝聖天主エイフェでさえも、驚きを隠せぬ様子だ。

そんな中、当の聖王レブラハルドが静かに語り始めた。

「私はかつてエヴァンスマナの剣身を失った。そして、その理由の一切を誰に打ち明けることもなかった。たとえ法に背こうとも、それが正しいことであると信じていたからだ。従者たちも、私に賛同してくれた」

未《いま》だ困惑を残しつつも、五聖爵は元首の言葉に耳を傾ける。

「もちろん、私たちに反駁《はんばく》する者もいた。彼らはエヴァンスマナを毀損した私への報復のため、かつてのレブラハルド隊、私の従者たちを全員殺した」

それは以前にエイフェが語っていたことだ。

犯人一味の極刑を望む者は多かったが、それをレブラハルドが窘《たしな》めた。彼は変わり、法を正義と信じるようになった――

だが、ここで疑問が生じる。

バルツァロンドの疑念が確かならば、レブラハルドはこのタイミングで文字通り、別人に変わったはずだ。

「それは、真実ではない」

レブラハルドの言葉に、エイフェは僅かに目を丸くする。

「どういう意味かな？」

「我が従者、レブラハルド隊は私がこの手で殺した」

沈黙がこの場に立ちこめる。

語らぬとも皆の感情が渦巻くように吐き出され、息苦しいまでの緊迫感が、その場にいる全員の体に重くのしかかっていた。

ただ一人、バルツァロンドだけが気を吐くように声を上げた。

「我が兄レブラハルドを殺害し、そして成り代わったのか、偽者《にせもの》め」

「……偽者《にせもの》か。ある意味、そうなのかもしれないね」

その独り言のような呟《つぶや》きに、レイが違和感を覚えたような表情を浮かべた。

「レブラハルド。なぜ、そのようなことを？」

静かにエイフェが問う。

「…………私の従者たちは言ったのだ。エヴァンスマナにまつわるすべてを、自ら打ち明けるべきと……」

レブラハルドは沈痛の表情で、そう言葉を絞り出した。

「それは良心に反する。私は彼らを説得しようとした。だが、同意は得られず、口論が続いた。ある日、彼らはすべてを民に暴露すると言った。さもなくば、自らの口で打ち明けるように、と」

小さくレブラハルドは息を漏らす。

「気がつけば、私の手には血に染まった聖剣があり、傍《かたわ》らに彼らの亡骸《なきがら》があった」

「同胞を殺してまで、守らなければならない正義だったと？」

悲しそうな顔でエイフェは訊《き》いた。

「そんな正義はありはしないよ」

「ではなぜ？」

しばしの沈黙、それから聖王は答えた。

「……わからない。覚えていないのだ。あの夜のことは。私は錯乱し、正義を失い、己の欲望に支配され、彼らを殺した。そうとしか考えられない」

淡々とした口調でレブラハルドは言う。

「打ち明ければ、聖剣世界は終わりだと、そう思った。正しき道を指し示すはずの聖王が、我が身可愛《かわい》さに己の従者を殺したのだから。ゆえに、これまでずっと隠してきたのだ」

レブラハルドは目を伏せる。

「それが決して犯してはならない過《あやま》ちであると、その頃はまだわかっていなかった」

自らを罰するように言った後、聖王はゆっくりとバルツァロンドを見た。

「従者殺しを隠す代わりに、私は完璧なる聖王であろうとした。法を守るべきだと思った。それこそが、私に残された唯一の正義だと信じたのだ。けれども、それはただ過去の過《あやま》ちから目を背けたいだけだったのだろうね」

法を遵守していれば、エヴァンスマナの顛末《てんまつ》を隠す必要はなかった。

従者を殺す必要もまたなかったわけだ。

「私は進むべき道にどこか違和感を覚えながらも、目を背け続けてきた。そして、ある日気がついた。霊神人剣を抜くことができなくなっていることに。それは疑いようもなく、私が道を誤った証明だった」

レブラハルドは再び霊神人剣の柄に触れる。

「けれども、もう後戻りはできなかったんだよ。一度自分を騙《だま》した男は、何度も自分を騙《だま》すことになる。バルツァロンド、一度折れてしまえば、正義の剣は二度と元に戻ることはない。いっそ、本当に偽者《にせもの》ならばどれほどよかったことだろうね」

遠い瞳をしながら、諦観の面持ちでレブラハルドは言う。

「この世界の聖王は、正義を貫いて旅立ったのだから」

聖王はエイフェに視線を移す。

「天主。あなたは私にずっと疑念を抱いていたね」

「……ええ」

「私の過《あやま》ちが、そうさせたのだろう。それでも、私には止まる手段がなかった」

「嘘《うそ》だ。すべてを打ち明け、退位すればよかったはずだ」

バルツァロンドが追及する。

「もちろん、それが私にとっての正しき道だよ。それでも、ハイフォリアにとってそうとは限らない」

理解できなかったか、バルツァロンドは怪訝《けげん》そうな表情を浮かべる。

「それは次の聖王をどうするのか、という話かい？」

レイが問うと、静かにレブラハルドはうなずいた。

「聖王の資格がない私に、次の聖王を選ぶことなどできないからね」

この銀水聖海において、元首不在という状況を作るわけにはいかぬ。

レブラハルドが退位するには、次の聖王を決めなければならないのだ。そして、それには現聖王の意向が大きく影響する。

そうでない方法など、恐らくなかったのだろうな。聖剣世界ハイフォリアの元首が、道を違えるようなことなど、これまで一度も。

その正しさこそが、ハイフォリアの脆《もろ》さだったのだ。

「ハイフォリアを正しき道に戻す方法は一つしかない」

「聖王継承戦の申し入れかい？」

レブラハルドははっきりとうなずいた。

「私は誤った王として、見抜かれなければならなかった。それをなせる者にこそ、次の聖王を選ぶ資格がある」

レブラハルドは、バルツァロンドを見た。

「そなたの目は正しい。そなたが選んだ者は、このハイフォリアを正しく導くのだろう。これで私もようやくこの誤った道から下りられる」

「……待っていたとおっしゃるのか？　自らが聖王に相応《ふさわ》しくないと暴《あば》く者が現れるのを」

「そなたは見事、現聖王が霊神人剣を抜けないことを見抜いた」

「あなたは聖王レブラハルドに成り代わり、ハイフォリアを陥《おとしい》れようとしていた賊ではないのかっ!?」

一瞬、悲しそうな目でバルツァロンドを見た後、聖王は言った。

「そうではない」

「言ったはずだ！　もしも、自分が誤った道を進んでいると思ったなら、そなたの弓を向けてほしい。そうすれば、必ず立ち止まり、歩んだ道を振り返る、と。あの兄が誓いを破るわけがないっ!!」

「バルツァロンド」

聖王はまっすぐ弟を見つめる。

そうして、祝聖礼剣《しゅくせいれいけん》エルドラムエクスを抜いた。

「私が聖王に成り代わっていたならば、重い罰は免《まぬが》れない。ならば、今ここで命を絶っても不思議ではない。そして、私が偉大なる兄であるならば、道を違えた責を果たさなければならない」

彼はその聖剣を逆手に持ち、自らの体へ向けた。

「どちらにしろこれで終わりだ。わかるね？」

「父上っ!!」

「陛下っ!!」

フレアドールとガルンゼストが声を上げ、魔力を発する。

しかし——

「止めるなっ!!」

飛び出そうとしたフレアドールとガルンゼストに、バルツァロンドは弓を向けた。

それと同時、レイは霊神人剣を引き抜き、エイフェの首に刃を当てていた。

「誰も動かないように」

そう告げて、五聖爵と祝聖天主を牽制《けんせい》する。

「兄ではない。兄のわけがないのだ。自害をするなどありはしない。黙ってみていれば、馬脚を露《あら》わす」

ふッとレブラハルドは微笑《ほほえ》んだ。

あたかも、この先のハイフォリアに憂いはないといったように。

迷いなく、その聖剣はレブラハルドの体を貫き、彼の根源に突き刺さる——その瞬間、蒼白《あおじろ》き剣閃《けんせん》が走った。

レイの《天牙刃断《てんがはだん》》がぎりぎりのところで聖剣を切断したのだ。あと数ミリ根源に深く刺さっていれば、レブラハルドは滅びていただろう。

がっくりと両膝をつき、レブラハルドは僅かに顔を上げた。

「よくわかったよ。君は従者たちを殺していない」

そうレイが言った。

「どう……いう………」

レブラハルドは虫の息で、それ以上言葉を発することができない。

途中で刃を止めたとはいえ、無防備な根源に聖剣が食い込んだのだ。無事に済むものではない。

エイフェは大きく両翼を広げる。発せられた光が、レブラハルドを優しく照らす。傷ついた根源が徐々に回復していき、彼の目に光が戻った。

疑問を向けてくるレブラハルドに、レイは説明した。

「僕の仲間たちが鉄火島で、ある狩猟貴族の《聖遺言《バセラム》》を見つけた。君の従者を殺したのは、隠者エルミデだと言っていた。本物なのか、そう名乗っているだけなのかはわからないけどね。狩猟貴族はその隠者エルミデからパブロヘタラの校章を奪っていたよ」

レブラハルドがはっと気がついたように口を開く。

「……隠者エルミデが、パブロヘタラにいると……？」

「君がそうなんじゃないかと疑っていたんだけどね。僕が止めなければ、君は滅びていた。もしかしたら、隠者エルミデは君が従者たちを殺したと思いこませたんじゃないかな？」

「……なんのために？」

「まだわからないよ。だけど、イーヴェゼイノに捕食行動をとらせたのも隠者エルミデだ。聖剣世界と災淵《さいえん》世界を衝突させて、なにかをしようとしているのかもしれない」

考え込むレブラハルドに、レイは手を伸ばす。

「だとすれば、君は過《あやま》ちを犯したわけじゃない。正しき道に戻ることができるはずだ」

レブラハルドは僅かに目を丸くする。

「……過《あやま》ちを犯していない証拠はどこにもない……」

「だったら、手伝ってくれるかい？　エルミデを捜すのを」

手をさしのべたまま、レイが言う。

「結論を出すのは、それからでも遅くない」

静寂がこの場に訪れる。

レイもレブラハルドも、それからバルツァロンドも、なにも言わず、ただ時が流れた。

五聖爵と祝聖天主エイフェは、レブラハルドが答えを出すのをただ待っている。

やがて、静かに彼は言った。

「……それは、こちらから頼もう。手を貸してくれるか、レイ」

肯定するようにレイは微笑《ほほえ》む。

力の入らぬ体に鞭《むち》を打ち、しっかりとレブラハルドはその手を握ったのだった。

§8. 【吟遊世界の入り方】

銀水聖海。

生き物の存在を許さぬ水の中に銀灯のレールが勢いよく敷かれていく。その上を走っているのは魔王列車である。

「――なるほどぉ。聖王にそんな悲しい過去があったとはな。カカカ、胸が痛むではないか」

心痛などまるで感じていない調子でエールドメードが言った。

機関室にて、魔王列車の進路を指示する彼は、パブロヘタラにいる俺と聖剣世界にいるレイ、三者間での界間通信を行っている。

「しかし、だ。偽《にせ》の魔王を演じた経験者からすれば、聖王の言ったことを鵜呑《うの》みにしたわけでもないのだろう？　ん？」

『……結局、彼は霊神人剣を抜けないからね』

簡潔にレイは答えた。

『筋は通っているように思うけど、別人が成り代わっている可能性はなくなったわけじゃない』

「泳がせるために信用するフリをしたわけだ。いやいや、なんとも胸が躍る化かし合いではないか」

レブラハルドを本物だと信用したならば、あちらも多少は警戒が緩むやもしれぬ。

下手に問い詰めれば、逃げられる恐れがある以上、今は表立って疑心を見せぬ方がよい。そうレイは判断したのだ。

奴《やつ》が別人だとして、正体が何者なのかまるでわからぬことだしな。

『だけど、どうだろうね？　少なくとも、聖王は自らに向けた剣を止める気がなかった。あの場で、彼の祝聖礼剣を折れたのは僕だけだしね』

「確かに確かに、祝聖天主や子飼いの部下ならば止める確信があっての猿芝居も考えられるが、聖王からしてみれば、転生世界ミリティアのレイ・グランズドリィという男が止める方に賭けるのは博打《ばくち》だな」

熾死王の言うことも一理ある。

それでも、やはり、霊神人剣が抜けぬ以上はどうしても疑念は拭えぬ。

「博打《ばくち》好きにはたまらん賭けではあるがね」

『もう少し様子を見るよ。少なくとも、聖王は協力的になったことだしね』

「カカカ。ではその間、オレは吟遊宗主から情報を仕入れてこよう」

機関室の大鏡に映し出された映像に熾死王は視線を向ける。進行方向に輝いているのは銀泡である。

「オマエら、吟遊世界ウィスプウェンズに到着だ」

魔王列車中に、エールドメードは声を響かせる。

鏡に映るその小世界は竪琴《たてごと》の形をしている。だが、妙に小さい。魔王列車すら、入れぬほどのサイズしかないのだ。

「ねえ、あの銀泡、近づくほど小さくなってってない？」

「あたしも思った！　進んでも、全然近くに見えてこないし」

砲塔室にて、エレンとジェシカが言った。

「あれは……中にいる子たちは大丈夫だろうか？」

隣にいたアルカナが、ぽつりと言う。

「大丈夫って？」

どういう意味か、とエレンが尋ねる。

「潰れそうな気がする」

「ウィスプウェンズの人たちがっ？」

「そんなことってあるっ⁉」

「わかった。いつものカナっちのボケじゃない？」

「まつろわないやつ」

「はいっ、エールドメード先生！　カナっちが吟遊世界の人たちが潰れそうだって嘘《うそ》を言ってますっ！」

ノノが手を上げて、機関室に《思念通信《リークス》》を飛ばす。

『カカカッ、嘘《うそ》ではないぞ。圧縮、圧搾《あつさく》、圧砕だ。どういう理屈か知らんが、あれでは中の住人はひとたまりもない』

「えっ、本当なのっ⁉」

「止まって止まってっ！　先生、一回戻りましょうっ！」

ヒムカとマイアが慌てたように声を上げた。

しかし、エールドメードは楽しげな様子で、まるでリズムをつけるようにこう言うのだ。

『全速前進！　どんどん潰れる。どんどん潰れる。圧縮、圧搾《あっさく》、圧砕だ』

「先生、なに言ってるんですかぁーっ!!」

『カカカカッ、深淵《しんえん》を覗《のぞ》きたまえ。魔王の妹はそうしているぞ」

ファンユニオンたちは、アルカナを振り向く。確かに彼女はいつもの静謐《せいひつ》な表情を保ったまだ。

アルカナはその神眼《め》を光らせ、深刻そうに言った。

「あれは、ペラペラになって事なきを得ている」

「そんなことってあるっ!?」

『オマエら、私語はそのぐらいにしたまえ。生徒の冗談に付き合う分の給金はもらっていないぞ』

「「「エールドメード先生が一番ノリノリでしたよっっっ！」」」

ファンユニオンが声を揃《そろ》えて言う。

カカカ、と愉快そうに熾死王は笑っていた。

「しかし、あの銀泡はなんだ？　見かけの大きさと実態が違うのか？　調べんことにはわからんな。レールを接続したまえ」

「了解！　線路連結！」

銀灯のレールがまっすぐ延びていき、竪琴《たてごと》の小世界からこぼれ落ちる光の中へ入っていく。

しかし、それは貫通し、向こう側に出てしまった。

「……駄目ですっ。線路連結できませんっ」

「奇妙な銀泡ではないか。面白い」

エールドメードが魔眼《め' hspace>》を光らせ、その銀泡の深淵《しんえん》を覗《のぞ》く。すると、竪琴《たてごと》の弦《げん》が震えたのがわかった。

「あれ……？」

「音楽……？」

砲塔室にて、ファンユニオンの少女たちは耳をすます。

すると、次々と竪琴《たてごと》の弦《げん》が震え、曲が奏《かな》でられ始めた。陽気で愉快な曲が響き渡る。

「あ、止まった……」

「カーカ、カカカ♪　良《い》い曲だね」

と、今の曲を「カ」で歌い上げ、エレンが言った。

「なんで、カなの？」

「今のメロディ、なんか、エールドメード先生の笑い声に似てるなって思って」

「そう？　カーカ、カカカ♪　あ、そうかも！」

「でしょでしょっ！」

カーカ、カカカ♪　と彼女たちは砲塔室で楽しそうに歌っては、きゃーきゃーと騒いでいる。

そのとき、一瞬竪琴《たてごと》から風が吹いた。桃の花びらが僅かに舞い、そして消えた。

『オマエら』

「ご、ごめんさいっ」

「私語はやめますっ」

エールドメードの声に、すぐさまファンユニオンは静かになった。

『いやいや、逆だ。砲塔からあの竪琴《たてごと》に向けて、今の歌を歌いたまえ。吟遊世界というぐらいだ。あの竪琴《たてごと》と曲にはなにか意味があるのだろう』

エレンたちは顔を見合わせる。そして、うんとうなずいた。

「じゃ、やってみますっ」

「歯車砲、歌唱形態」

魔王列車の歯車砲が拡声器のように変形し、照準を竪琴《たてごと》の小世界へ合わせた。

そして――

「「「カーカ、カカカ、カーカカカカ♪　カーカ、カカカ、カーカカカカ♪」」」

と、彼女たちは歌い始める。

歯車砲から発車されたその歌声は、銀泡の竪琴《たてごと》に直撃する。すると、彼女たちの歌に合わせるように、再び竪琴《たてごと》が美麗な音を鳴らし始めた。

その調べに合わせ、竪琴《たてごと》から風が吹き、桃の花びらが銀海に舞う。それはみるみる広がり、周囲一帯を風と桃の花で覆い尽くしていく。

「「「カーカ、カカカ、カーカカカカ♪　カーカ、カカカ、カーカカカカ♪」」」

ニヤリ、とエールドメードが笑い、ファンユニオンの歌に合わせるように自らも歌い上げる。

「全速前進♪　どんどん潰れる。どんどん潰れる♪　圧縮、圧搾《あっさく》、圧砕だ♪」

「『カーカ、カカカ、カーカカカカ♪　カーカ、カカカ、カーカカカカ♪』」

人を食ったようなわけのわからぬ歌が響き渡り、風が更に勢いを増す。それは歌を届け、桃の花びらを舞い散らせる。

空が見えた。

風が広がれば広がるほど、青空がいっぱいに広がっていき、花びらがひらひらと落ちていく。

そして、その向こう側には延々と立ち並ぶ見事な桃の並木道があった。

オルドフの《聖遺言《バセラム》》で見た場所と相違ない。

吟遊世界ウィスプウェンズである。

気がつけば、魔王列車はその世界の空をゆっくりと下りていたのだった。

「幾歳《いくとせ》ぶりの来訪者でしょうか」

声が響き、風が吹いた。姿を現したのは、豪奢《ごうしゃ》な旅装束を身につけ、木製のリュートを手にした女性である。

「ようこそ、吟遊世界ウィスプウェンズへ。わたしはこの世界の元首、吟遊宗主エルム・ローレイト。どうぞ王宮へいらしてください。歌を愛する人々をウィスプウェンズは歓迎します」

§9.【庭園劇場】

吟遊世界ウィスプウェンズ。王宮。

天窓から日が差し込み、大きな舞台を照らしている。その周囲には、椅子がずらりと並べられ、階段状にどこまでも続いていた。まるで劇場のような場所である。

ウィスプウェンズの元首、吟遊宗主エルムは舞台へ向かって歩いていく。

彼女に案内され、燐死王はその後へ続く。魔王学院の生徒やファンユニオンの少女たちが不思議そうに観客席を見回していた。

「何人ぐらい入るのかな？」

「デルゾゲードの闘技場より広いよね」

エレンとジェシカが言葉を交わす。

「なにをする場所だろうか？」

アルカナがぽつりと呟《つぶや》く。

「やっぱり、演奏会とかじゃない？　こんなにおっきい舞台だし」

「でも、王宮の中心に劇場があるって変わってるよね」

「そこはほら、吟遊世界っていうぐらいだから」

ファンユニオンの少女たちが話していると、吟遊宗主エルムが振り向いた。

「その通りです。この庭園劇場《ていえんげきじょう》はウィスプウェンズの象徴。あの舞台は他の世界における玉座みたいなものなのですよ」

荘厳《そうごん》な舞台を手で指し示しながら、エルムがそう説明してくれる。

「じゃ、吟遊宗主様はあそこでお歌を歌われるんですか？」

エレンが尋ねると、吟遊宗主は品よくうなずく。

「ええ。毎日欠かさず」

「毎日！」

「すごいっ。元首様なのにっ」

ファンユニオンの反応を見て、エルムが柔らかく笑う。

「元首だからですよ」

「え？」

意味が理解できなかったか、エレンはきょとんとした。

「吟遊宗主が欠かさずこの舞台で歌い上げるのは、神詩《かみうた》ロドウェル。ロドウェルとは、この吟遊世界ウィスプウェンズの主神を指します」

ファンユニオンたちがあっと驚いたように目を丸くする。

「歌が主神なんですかっ？」

エルムは笑顔でそれを肯定する。

「意識や実体のない主神は銀水聖海では珍しいみたいですね。ロドウェルは他の世界の主神と違い、言葉を発することがありません。しかし、吟遊宗主が歌うその歌は人々の心やこの世界に響き渡り、様々な奇跡を起こします。そうして、わたしたちを素敵な桃源郷へと導いてくださるのですよ」

それを聞き、ファンユニオンの少女たちは皆感心したような表情を浮かべている。

「歌が奇跡を起こすって、とても素敵な世界ですねっ」

瞳を輝かせ、エレンが言った。

「ありがとうございます。他の世界の方には少し受け入れづらいみたいですので、そう言ってくださると嬉《うれ》しいです」

「受け入れづらいって、どうしてですか？」

素朴な疑問といった風に彼女は尋ねた。

「神詩ロドウェルにより、ウィスプウェンズでは様々な奇跡が起こります。枯れない桃の木や、遠くまで響き渡る歌、長く降り注ぐ明るい日差し。その奇跡の変化を観察し、その意味を汲《く》み取《と》るのが吟遊宗主の役割です」

透き通るほど綺麗《きれい》な声で、エルムは自らの世界を語る。

「外から客人を迎えたとき、雨が三日降り注いだ。ウィスプウェンズが泣いていると配慮し、その方々を追い出すことがあります。わたしたちにとっては主神のお示しになったこと、しかし他の世界の方々にはそれがただの理不尽と映ることも少なくありません」

「ウィスプウェンズの文化を理解できなければ、雨一つのことでと思うのは無理もないがね」

エールドメードが言う。

「いやいや、今日も話し合いで雲行きが怪しくならないことを祈りたいものだ」

ほんの少し困ったようにエルムは笑う。

「雨が降るのが一概に悪いわけではありません。慈雨のように、優しい雨もあります。楽しい雨もあります。けれども、わたしたちの雨に対する想《おも》いと、他の世界の方々の想《おも》いはあまりにかけ離れています。言葉を尽くしても、なかなか受け入れられないことも多いのです」

「カカカ、それでウィスプウェンズはパブロヘタラに加盟していないというわけだ」

「そうですね。パブロヘタラだけではありません。どの世界とも、今は極力交流を断っているところです」

するると、不思議そうな顔でエレンが訊《き》いた。

「それじゃ、どうしてあたしたちを王宮に迎え入れてくれたんですか？」

「風が踊ったのですよ。熱い風が、弾むようなリズムで。それはわたしが知らない、初めての風でした」

再びきょとんとしたエレンに、エルムはにっこりと微笑《ほほえ》んだ。

「ね。よくわからないでしょう？」

「あ、でも、あたしたちの世界でも似たようなことってありますっ！」

「そんなのあったっけ？」

「ほら、あれ。雨が降ったら、アノス様が世界のことを思って泣いているんだって思うじゃん。アノス様は泣かないから、代わりに雨が降るんだって」

「「「あるあるーっ！」」」

声を揃《そろ》え、ファンユニオンの少女たちは力一杯同意した。

「暖かい風が吹いたら、アノス様がみんなを優しく撫《な》でてくれてるんだって思ったり！」

「地震が起きたら、アノス様がみんなにゆりかご気分を味わわせてくれてるんだって思ったり！」

「あと雷っ！　雷一番すごいよねっ！」

「わかるわかる！」

「絶対どこかで誰かがアノス様に恋に落ちたよねっ‼」

きゃ――――と一気に盛り上がった少女たちを横目に、アルカナがぽつりと呟《つぶや》いた。

「それは妄想ではないだろうか？」

「カナっちにはまだ早かったかな」

「転生世界ミリティアには、どんな限定秩序もあるんだからっ」

「今のはアノス様属性の限定秩序っ！」

アルカナは訝《いぶか》しげな表情だ。

「まあ、カナっちはまつろわないから！」

「なんでもまつろわないせいにするのはどうかと思う」

アルカナが控え目につっこむ。

エレンが視線を向けると、エルムが呆気《あっけ》にとられていた。

「あ、す、すみません。アノス様っていうのはあたしたちの世界の元首で、元首って言っても他の世界とはちょっと違うんですけど。主神もいませんし」

説明すると、吟遊宗主は驚いたような素振りを見せた。

「主神がいない……？」

「はい。そうなんです。でも、アノス様がぐいぐい引っ張っていってくれてて、みんなで力を合わせて頑張ってるので、大丈夫なんです」

「そうでしたか」

これまでよりも更にエルムは表情を柔らかくしていた。

「もしかすると、転生世界ミリティアはウィスプウェンズに似ているところがあるのかもしれませんね」

「ところで」

タン、とエールドメードが杖《つえ》をつく。

「そろそろ、アレについて訊《き》いておくべきではないか？　ん？」

と、彼はエレンを見た。

「え、えっと、エールドメード先生が訊《き》くんじゃ……？」

「いやいや、オマエたちの方が話が弾みそうではないか。なにせ、オレは歌など歌ったこともないのでね」

ついさっきノリノリで歌ってたじゃん、と言いたげな視線が四方八方から熾死王の体に突き刺さった。

「アレというのは……？」

と、エルムが不思議そうに訊《き》いてくる。

エレンは姿勢を正して、やるしかないといった風に覚悟を決めた。

「……えっと、あの、吟遊宗主様は聖剣世界ハイフォリアの先王オルドフとは親しかったんですよね？」

「ええ、古い友人です」

「実は魔弾世界エレネシアが、銀滅魔法を隠しているのがわかったんです。先王オルドフはそれを突き止めたんですが、大提督に撃たれてしまって。吟遊宗主様に力を借りるようにって

「《聖遺言《バセラム》》を遺《のこ》して……」

「オルドフが……そうですか……」

そう口にすると、しばし彼女は悼《いた》むように黙禱《もくとう》する。僅かな時間の静寂、それはエルムの悲しみを伝えるには十分だった。

「すみません。もう大丈夫です」

古い友人が滅んだのだ。平静ではいられぬだろう。それでも、彼女は元首として気丈に振舞っている。

その気持ちを汲《く》み取《と》り、エレンは真摯に説明した。

「先王オルドフがウィスプウェンズの元首を訪ねるようにって。たぶん、銀滅魔法の対抗手段がウィスプウェンズにあると思うんです。心当たりはありませんか？」

「……それは恐らく、神詩ロドウェルのことでしょう」

さして迷うことなく、エルムは答えた。

「ロドウェルの歌で銀滅魔法を防げるってことですか？」

「ロドウェルの第八編以降にそういう奇跡の歌があると言い伝えられていますが、詳しくはわたしも調べたことがありません。ロドウェルの八編以降は、この王宮の地下にある石板に刻まれているのですが……」

「なにか、問題がありますか？」

「そこには今、立ち入ることができないのです」

吟遊宗主の神妙な雰囲気に中《あ》てられ、訊《き》いていいものなのか、とエレンは言葉を詰まらせた。

「なぜかね？」

と、迷いなくエールドメードが尋ねる。

「石板の間の扉が開くのは、ウィスプウェンズが外の世界と関わりをもとうとするときのみなのです」

吟遊宗主はそう答えた。

「かつてウィスプウェンズは他の世界と交流をもち、そして戦火に巻き込まれたことがあります。その過《あやま》ちを繰り返さぬよう、わたしは外の世界と関わるべきではないと決断を下したのです。長い間、それで平穏は保たれてきました」

「……力を、貸してもらうことはできませんか？」

切実に、エレンは訴える。

「銀滅魔法が撃たれたら、たくさんの人が死ぬかもしれません。あたしたちはそれを止めたいだけなんですっ」

「……お気持ちはわかります。先代の吟遊宗主も、わたしたちの歌が誰かの助けになるならと手を差し伸べました。けれども、彼女は帰らぬ人となりました」

悲しげにエルムは言った。

「それがわたしの祖母です」

ファンユニオンの少女たちは目を伏せる。

アルカナも重たい表情をしたまま、口を開くことはない。

彼女らは言葉を探すが、しかし見つからなかった。

どう頼んだところでウィスプウェンズを再び戦火に巻き込むことになるかもしれない。そんな考えが彼女たちの頭をよぎったのだろう。

「ですが――」

と、口火を切ったのは、吟遊宗主の方だった。

「近い内にわたしの決断が覆《くつがえ》されるかもしれません」

「え？」

と、エレンが顔を上げる。

吟遊宗主は丁寧な口調で説明した。

「まもなく、わたしは退位するのです。ウィスプウェンズは今、新たな元首を選ぶ吟遊神選《ぎんゆうしんせん》の真っ最中です。もしかすると、新たな吟遊宗主はわたしのような穏健派ではなく、この大きな銀海にロドウェルを広めようとするかもしれません」

§10．【候補者探し】

「えーと、他の世界と交流した方がいいって考えている人がいるってことですか？　新しい吟遊宗主の候補の中に？」

エレンの質問に、吟遊宗主は首肯した。

「ウィスプウェンズは主に二つの派閥に分かれています。他の世界と関わりをもたず、これまで通りの世界を保とうという穏健派。それから、他の世界に積極的に歌を広め、ウィスプウェンズの力を増していこうという吟遊《ぎんゆう》派に」

「ウィスプウェンズに引きこもっているだけでは、なにか問題があるということかね？」

エールドメードがそう問《と》い質《ただ》す。

「この世界には多くの吟遊詩人がいます。彼女たちにとっては、様々な場所を回り、詩曲を奏《かな》でることこそ本懐なのです。狭い世界に閉じこもり、身内に歌を歌っているだけで果たして生きていると言えるのか。そう考える者も少なくはありません」

「なるほどなるほどぉ。誇りを失った弱腰の吟遊宗主を快く思わない者も多いと？　あるいは、それで元首の座を追われているのではないか？」

「天父の子。人には人の事情がある。あまり詮索するのはよくないだろう」

アルカナが窘《たしな》めようとしたが、「いえ」とエルムはそれを制した。

彼女は俯《うつむ》き、下唇を噛《か》む。

「おっしゃる通りです。民の不満は高まり、争い事も増えるようになりました。わたしは吟遊宗主を退くことでしか、その事態を収めることができなかったのです」

苦渋の決断だったというように彼女は説明した。

「次の吟遊宗主にも穏健派が選ばれれば、元《もと》の木阿弥《もくあみ》ではないかね？」

「そうかもしれません。だとしても、吟遊神選にはウィスプウェンズの全住人が参加します。全員で、この世界のために歌う、新しい歌い手。最も相応《ふさわ》しい吟遊詩人を選ぶのです。わたしがこのまま続けるより、皆も納得することでしょう」

つまり、ウィスプウェンズは他世界と交流を持つべきか否《いな》か。それを全住人に問うのが、此《こ》度《たび》の吟遊神選というわけだ。

「もちろん、吟遊派が選ばれるかもしれません。わたしたちの主神、神詩ロドウェルを銀海に広めるのが彼女たちの目的です。そのときには、きっと、あなた方に協力してくれるでしょう」

確かに吟遊派が勝ったなら、協力を得ることはさほど難しくはなさそうだな。他の世界を回るのなら、銀滅魔法の脅威を捨てておくことなどできぬ。

ウィスプウェンズにとっても、銀滅魔法への対抗手段を準備するのは急務となろう。

「よろしければ、首都シェルケーを回り、候補者たちを見ていってあげてください。銀滅魔法の脅威が迫っているのでしたら、吟遊派の方々に挨拶をしておいた方がいいでしょう」

「穏健派の吟遊宗主がそんなことを言ってもいいのかね？」

エールドメードがそう問えば、エルムは少し困ったように笑う。

「立場は違えど、彼女たちは皆、ウィスプウェンズの民ですから」

彼女は魔法陣を描く。

すると、そこに二枚の書状が現れた。

「吟遊神選に参加する候補者たちのリストと紹介状です。こちらを見せれば、不審に思われることはないでしょう」

差し出された書状を、エレンが受け取る。

「……吟遊宗主様は、吟遊派が選ばれた方がいいと思っているんですか？」

不思議そうに彼女は訊《き》いた。

「それが皆の意思、そしてこのウィスプウェンズの意思ならば」

そうエルムは答えた。

「わたしが間違っていたかどうか、それを確かめる意味での吟遊神選でもあるのです」

そうでなければ、自ら吟遊宗主の座を降りたりはしまい。彼女自身、ウィスプウェンズがこのままでよいか迷っていたのだろう。もっと相応《ふさわ》しい元首がいるのかもしれない。そう思ったとて不思議はない。

「もしも吟遊派の方が選ばれるのなら、あなたたちを紹介しておくべきと、そう思ったのです。立場上、わたしはともに行くことはできませんが……」

「いえ、全然っ、大丈夫です。ね」

「はいっ。ありがとうございますっ！　候補者の方に、しっかり挨拶してきますねっ！」

ファンユニオンの少女たちがぺこり、ぺこりとお辞儀をした。

エルムは柔らかく微笑《ほほえ》む。しかし、すぐに真剣な顔つきになった。

「一つだけご忠告を申し上げます。吟遊派の中には、過激な手段を用いて吟遊神選を勝ち抜こうとしている者もいると聞き及んでいます。そのような者たちの歌が、民に響くとは思えませんが、くれぐれも巻き込まれないようにご注意を。なにかありましたら、わたしにお知らせ下さい」

それを聞き、エールドメードは妙に生き生きとした表情で言う。

「いやいや、それは危険ではないか。怪しい輩《やから》には注意しなくてはなぁ」

怪しい輩《やから》に会いたくてたまらないといった様子だ。そして、彼は不自然なほど真面目な顔を作り、そのまま吟遊宗主に大仰な礼をする。

「では、吟遊宗主のお言葉に甘えさせていただこう。御礼《おれい》はまた後ほど」

くるりと踵《きびす》を返《かえ》し、熾死王は出口へ向かう。

「いくぞ、オマエら。まずは候補者たちに会ってこようではないか」

熾死王たちは王宮を後にした。

桃の並木道を抜け、街までやってくると、次第に様々な音楽が聞こえ始めた。

首都シェルケーには広場や劇場が数多く存在している。そこでは吟遊詩人たちが歌を歌い、曲を奏《かな》でている。

人々は皆足を止め、その音楽に耳を楽しませていた。

「わぁぁ……」

「すごいっ。ジオルダルより賑《にぎ》やかっ」

「なんか、不思議な音色が聞こえない？」

「聞こえる聞こえる。なにこれ？　楽器？」

「行ってみようよ」

「だめだめっ。まず吟遊神選の候補者を探さないと」

ファンユニオンが口々に言うと、彼女たちの前に魔法陣が描かれた。現れたのは書状だ。

候補者たちのリストを熾死王が魔法で複製したのだ。同じものが、他の生徒たちの手元にも現れている。

「街は広い。手分けして探そうではないか。三時間後にこの広場に集合だ。穏健派と吟遊派、どちらでも構わない。全員に声をかけたまえ」

「穏健派は必要だろうか？」

エールドメードに、アルカナが訊《き》く。

「どちらかと言えば穏健派こそ必要なのではないか。他世界と交流をしない方針だろうと、銀滅魔法の対策は持って帰らなければ、最悪、どこぞの銀泡が一つ、銀界の藻屑《もくず》となってしまう」

ニヤリと笑いながら、「一つで済めばいいがね」と彼は不穏なことを呟《つぶや》いた。

「で、でも、熾死王先生。魔弾世界が《銀界魔弾《ゾネイド》》を撃つとは限らないんですよね？」

ナーヤが訊《き》く。

「だよな。撃っちまったら、他の世界から狙われるわけだし、魔弾世界だってそんな馬鹿じゃないだろ」

「実際、これまで一回も撃ってきてないんだしな。そりゃ、対抗手段があるに越したことはないけど、そこまで急ぎってわけじゃない気がするよな」

黒服の生徒たちがそう言葉を交わす。

「そう思うかね？」

もったいぶった調子でエールドメードが問う。

「そりゃ、だって」

「なあ。普通に考えれば」

タン、とエールドメードが杖《つえ》をつく。

「状況からして、魔弾世界の取り得る選択肢は二つだ。《銀界魔弾《ゾネイド》》を破棄するか、それとも撃つか。いざというときに撃たない魔法を開発してきたのだとしたら、これほどマヌケな話もない」

授業を始めるように、エールドメードが生徒たちに説明していく。

「これまで撃たなかったのは、《銀界魔弾《ゾネイド》》を隠す目的があったからだ。それが発覚した今、むしろ撃たない理由がなくなってしまったのではないか？　ん？」

「……って言っても、バレたからすぐ撃とうって話にはなんないわけだろ？」

「パブロヘタラだって馬鹿じゃないんだし、自分の世界に撃たれるかもしれないのに魔弾世界に実力行使とかしないよな」

「それなら結局、魔弾世界もパブロヘタラに所属しているんだし、同盟世界を撃たなきゃいけない理由がないわけで、だからしばらくは膠着《こうちゃく》状態で、法廷会議とかでの決着になるってのは別におかしくはないんじゃ――」

「カカカカ、カカカカカカ、カーッカッッカッカッ！！！」

唐突に大声で熾死王が笑い出し、びくっと生徒たちが後ずさる。

「おいおい、オマエら。いったい誰の配下だ？　己の世界に照準を向けられたぐらいで、意を通さないと思うか、我らが魔王が」

その光景を想像したのか、生徒たちはまさに絶望といった表情を浮かべた。

「……やべぇわ。絶対止まんねえわ」

「ああ、やる。むしろ、世間話のためだってやる」

「っていうと、俺たちをここに寄越したのはあれか？　自分は魔弾世界に直接乗り込む気満々だから、ほぼ確実に発射される《銀界魔弾《ソネイド》》のことはよろしくって意味か？」

ビシィ、とエールドメードは杖《つえ》で生徒をさす。

「せ・い・か・い・だぁっ！」

ずーん、と生徒らの表情が更に沈み込む。

「マッジ……かよ……！　久しぶりに戦場から遠い場所で休暇気分だと思ってたのに……」

「こんなん殆《ほとん》ど最前線じゃねえか……！」

「ていうか、世界を滅ぼす魔弾を普通、生徒に止めさせるか!?」

「いやいや。困った困ったなぁ。どう考えても銀滅魔法の対策を持って帰らなければ、体で止めろとのお達しだろうからな。胃が痛い任務ではないか」

煽《あお》るような熾死王の言葉で、一瞬にして生徒たちの目が据わる。

皆、覚悟を決めたといった顔つきだ。

「よしっ！　候補者探すぞっ！　吟遊派だろうと穏健派だろうと、なにがなんでも協力してもらおうっ！」

「「「おうっ！！！」」」

かくして、魔王学院の生徒一同はウィスプウェンズの首都シェルケーを駆け出していく。

吟遊宗主からもらったリストには一部の例外を除き、候補者たちの拠点なども書かれており、それを頼りに彼らは次々とノルマをこなしていく。

エルムが言った通り、吟遊派の感触はやはりよく、ミリティアの住人である彼らを快く受け入れてくれた。

一方で穏健派は少々厳しく、協力してもらうという言質《げんち》を得るには至らない。

それでも、めげずに生徒たちは一人でも多くの候補者に挨拶をしておこうと首都シェルケーを回っていた。

そんな中、エレンは一人暗い路地にいた。

「あれ……？」

彼女は暗がりに目を凝らす。

その先は行き止まりだった。

「……迷っちゃった……」

エレンが思念に魔力を込め、言葉を発する。

『みんな、聞こえる……？』

《思念通信《リークス》》を飛ばす。

しかし、応答がない。そこかしこで鳴っている歌や演奏が魔力場を乱しており、彼女の魔力では正常に《思念通信《リークス》》を届けることができないのだ。

「どうしよう……？　とりあえず、広いところに――」

と、彼女は再び路地の暗がりを見た。

微《かす》かに声とメロディが聞こえる。誰かが歌っているのだ。

「ラ～、ラ、ラララ♪　別の場所でも聞いた歌だ。人気なのかな？」

その歌を口ずさみながら、まるで引き寄せられるかのように、エレンの足が暗がりを進んでいく。

左右をぐるりと見回した後、彼女は下を向く。

歌は地面から聞こえていた。しゃがみ込み、手を伸ばす。すると、指先が地面をすっとすり抜けた。

「わっ……」

僅かに驚きながらも、エレンは足を伸ばしてみる。

コツンと、石のような感触があった。魔法の入り口だ。ゆっくりとその中へ入っていけば、地下へと続く階段になっていた。

さっきよりも鮮明に歌が響いていた。

「綺麗《きれい》な歌声……」

エレンがぽつりと呟《つぶや》く。

その歌声に誘われるようにエレンは階段をどんどん下っていく。やがて、開けた場所に出た。そこは地下に建設された、石造りの劇場だ。

厳かな舞台の上に、一人の少女が立っている。外見年齢は一五歳ほどか。長い黒髪と蒼《あお》い花の髪飾り、寂しそうな表情が印象的だ。彼女は蒼《あお》いドレスを身に纏《まと》い、澄み切った声で歌い続けている。

その周囲に、蒼《あお》い花が舞っていた。

§11. 【シータ】

それは、まさに天上の調べだった。

声の一粒一粒が宝石の輝きを発し、耳を優しく撫《な》でていく。

囁《ささや》くように彼女が歌えば、その音はまるで夜空にちりばめられた星屑《ほしくず》となり、語りかけるように彼女が歌えば、音は流星となって降り注ぐ。

これほど美しい音があったのかと思わせるほど、その声は澄み切っていて、聴く者の心を感動で満たす。完璧なまでに透き通った孤高の歌だ。

このままいつまでも聴いていたい、と誰もが足を止めずにはいられない。エレンも例外ではなく、その歌声に感銘を受けていた。

しかし、エレンはなにかに気がついたように舞台へと向かって、階段を下り始めた。

立ち止まり、意を決したような表情を浮かべると、次の瞬間、すっと息を吸い込み、なんと同じ歌を歌い始めた。

突如響き渡った力強い歌声に、舞台の少女はピクリと反応を示す。しかし、止めることなく歌唱を続けた。

彼女の澄み切った歌声と、エレンの力強い歌声が混ざり合い、天上の調べを更に昇華させていく。

聴く者を魅了しながらも、どこか寂しさの残る歌は、エレンの熱さに感化されたように楽しげな調べへと変わった。

蒼《あお》い花の少女はますます力強く、空に向かって歌い上げる。その声量は山を動かさんばかりであり、地下の劇場がガタガタと震えていた。

ついてこられる？　と、まるでエレンを挑発するかのように、一瞬だけ少女は彼女を見た。

エレンは笑う。

負けじと彼女はありったけの声量で遥《はる》か彼方《かなた》へと歌声をぶつける。

魔王聖歌隊として歌い続けた日々は彼女を鍛え、その声は街の隅々にさえ轟《とどろ》くだろう。

じゃれ合うように、声と声がぶつかり合い、愉快なハーモニーを奏《かな》で始める。

ときに小さく、ときに大きく、ときに速く、ときにゆっくりと、蒼《あお》い花の少女は変幻自在に歌い上げる。

どんな歌い方をしても彼女の声は鮮やかに輝き、まるで宝石を違う角度から眺めているかのようだった。

エレンは彼女に合わせ、同じ声量、同じリズムで歌を歌う。心を魔力に変える彼女の歌は、なによりも愛に満ちていて、輝く歌声と共鳴し合う。

まるで宝石の歌に魂を込めているかのようだ。そのまま、二人の合唱はいつ終わるとも知れず続けられた。

「――それで」

どのぐらい歌った後だったか、青い花の少女がエレンを見た。

「君はスパイ？　ここは蒼花《そうか》歌唱隊《かしょうたい》以外は入っちゃいけないよ」

「え、あ……」

エレンが慌てた素振りで、声を発する。

「か、勝手に入っちゃってごめんなさいっ！」

と、彼女は深く頭を下げた。

「あたしは、スパイとかじゃなくて、転生世界ミリティアから来ました。エレン・ミハイスです。吟遊神選の候補者を探していたんですけど、迷っちゃって……」

「転生世界ミリティア？」

不思議そうに、青い花の少女はエレンの顔を見た。

「どうりで唱霊族《しょうれいぞく》とも器霊族《きれいぞく》とも違うと思った。エレンはなんていう種族なの？」

「あたしは魔族です」

「魔族は歌が得意なんだ」

「え、うーん、どうかなぁ？　得意な人と得意じゃない人がいるけど」

すると、蒼《あお》い花の少女は意外そうな表情を浮かべた。

「エレンは得意でしょ。即興であんなについてくる人は初めて」

そう口にした後、考える素振りを見せ、彼女は言い直した。

「二人目かな？」

ほんの僅か、少女の頬が緩んだように見えた。

「あたしは聖歌隊なんです。でも最初から上手《うま》かったわけじゃなくて、一生懸命練習して、少しずつできるようになったんです」

「魔族は練習すれば、あんなに声が出せるんだね」

「え？　えーと？」

エレンがきょとんとした顔で少女を見返す。発言の意図が、今一つ理解できなかったからだろう。

「わたしは蒼花歌唱隊のシータ・メルン。シータでいいよ」

「じゃ、あたしもエレンで」

「エレンはさっき、吟遊神選の候補者を探してるって言ったよね？」

「うん。ウィスプウェンズにお願いがあって来たんだ」

「そう。わたしも候補者だよ」

「ほんとっ？　ちょっと待って」

エレンは候補者のリストを取り出し、それに目を通していく。

「えと、蒼花歌唱隊……蒼花歌唱隊……あった！　蒼花歌唱隊のシータ・メルン……吟遊派で、吟遊詩人の序列が……え、一位っ⁉」

エレンが驚いたように声を上げ、リストからシータへ目を移す。

「一位ってことは、シータがウィスプウェンズで一番歌が上手《うま》いの？」

「序列は人気順だから。上手《うま》いのとは関係ないよ」

真顔でシータは答えた。

謙遜というわけでもなさそうだ。

「でも、やっぱり上手《うま》い人が人気があるんじゃないの？」

「どうかな？　今は吟遊派が主流だから、穏健派は上手《うま》くても応援してもらえない」

シータの声に不満が漏れていたので、エレンは訊《き》いた。

「派閥で人気が決まっちゃうの？」

「つまらないよね。歌にはなんにも関係ないのに。みんな、わたしの歌が好きなのか、そうじゃないのか、よくわからない」

言いながら、シータはしゃがんで、そのまま舞台に座り込んだ。

「わたしはね、エレン。このウィスプウェンズを出て、色んな世界で歌を歌いたいんだ。だって、この世界はつまらないことに縛られてる。種族の違いや、外の世界と交流するかどうか、どんな主義や信条を持っているか、そんなことばかり言ってる気がする」

床に手をつき、シータは天井を見上げた。

「歌ってそうじゃない。そんなこと歌にはなんの関係もないのに……みんな、純粋に歌だけを聴いてくれないんだ」

疲れたような様子で、彼女はその顔に憂いをたたえる。

エレンもしゃがみ込み、少女に問うた。

「だから、シータは吟遊派なんだ？」

「そう。ここは色んなしがらみがあるから。ウィスプウェンズとは関係ないところで、わたしのことを誰も知らないところで、歌を歌いたかったから」

暗い表情のまま、シータは続けた。

まるでそれが、叶《かな》わなかったと言わんばかりに。

「だけどね、吟遊派になればなったで、やっぱりその派閥に囚《とら》われる。蒼花歌唱隊のみんなは、わたしを助けてくれるけど、きっと悪いこともいっぱいしてる」

「悪いことって？」

俯《うつむ》き、暗い顔でシータは言った。

「……同じ吟遊派で、序列二位の子が、吟遊神選を辞退したから……」

「蒼花歌唱隊の人がなにかしたってこと？」

シータは考え込む。

それから、言った。

「わからないけど、証拠はなにもないし、仲間を疑っちゃいけないってそう思うけど……でも、二位の子が辞退する理由はなにもなかった。それで有利になったのはわたし。みんな、わたしが吟遊宗主になるだろうって言ってるから」

同じ派閥の候補者がいれば、それだけ票はバラける。候補者が一本化されるほど、序列一位のシータが有利なのは確かだ。

辞退の理由に疑問が残るなら、怪しいのは得をした陣営だというのは道理だろう。

「エレンの歌は、なんだかいいよね」

「え、そ、そうかなっ？」

照れたようにエレンは、シータを見た。

「力強くて、愛があって、細かい道理なんてぜんぶ吹っ飛ばしてやれって、そんな歌に聞こえる。すごく昔、似たような歌を聴いたよ」

シータの口からこぼれたのは、遠い昔を思い出すような声だった。その歌い手に彼女は憧れを抱いているのかもしれない。

「わたしの歌、どうだった……？」

恐る恐るといった調子で、シータが尋ねる。

「えと、すごく綺麗《きれい》な歌だったよ。今まで聴いたことないぐらい、ずっと聴いていたいって思うぐらい」

エレンは言う。

「でも、なんだか、寂しそうで……違うかもしれないけど、その、誰かを待ってるみたいな……そんな気がした……」

「だから、一緒に歌ってくれたんだ？」

こくりとエレンはうなずく。

「あたしの勘違いかもしれないけど……」

「たぶん、正解」

ぽつりとシータは言った。

「あのね、エレンは他の世界の人だから言えるけど、内緒にしてくれる？」

その声音が強《こわ》ばっていたから、エレンは優しく答えた。

「うん。どうしたの？」

「わたしは、本当は吟遊宗主になりたくないんだ」

エレンは目を丸くする。

候補者である限りは、皆、吟遊宗主を目指していると考えるのが普通だ。まして序列一位、最も選ばれる確率の高い彼女が、そんなことを口にするとは思わなかったのだろう。

「……どうして？」

シータは静かに膝を抱える。

「わたしの歌は空っぽだから。エレンは綺麗《きれい》だって褒めてくれたけど、ただそれだけ。でもね、吟遊宗主の歌は、ウィスプウェンズの在り方を決めなきゃいけないんだ」

肩を震わせ、彼女はその思いを吐露する。

「できないよ、そんなの。わたしは歌が好きなだけ。世界の在り方なんて、考えたこともなかった」

§12.【迷子】

シータは膝に顔をうずめ、身を小さくしている。

歌っているときはあれほど輝いていた彼女が、今はひどく弱々しい。まるで、迷子の子どものようだった。

ウィスプウェンズのために歌う。それに相応《ふさわ》しい吟遊詩人を選ぶのが吟遊神選だ。この世界の秩序から考えれば、民たちが最も重視するのは、やはり優れた歌い手であることだろう。

歌だけを愛してきた彼女は、確かに素晴らしい歌い手に違いない。序列一位というのも、派閥だけがそうさせたわけではないだろう。

だが、その肩はこの世界のすべてを背負うにはまだ幼すぎる。

ましてて、吟遊派は外との交流を持とうというのだ。当然、そこには他世界との折衝が待ち受けている。

聖剣世界ハイフォリアや、災淵《さいえん》世界イーヴェゼイノ、魔弾世界エレネシアなど、一筋縄ではいかぬ世界が銀海には多く存在している。選ばれる前からこの様子では、とても吟遊宗主の重責には耐えられまい。

なにも言わずただうずくまるシータに、エレンは声をかけようとして、しかし途中で口を噤《つぐ》んだ。

彼女は思い直したように前を向き、静かに声を発する。

「カーカ、カカカカ、カーカカカカ♪　カーカ、カカカカ、カーカカカカ♪」

それはウィスプウェンズに入るときに歌った歌だ。シータが僅かに顔を上げ、不思議そうにエレンを見た。

「全速前進♪　どんどん潰れる。どんどん潰れる♪　圧縮、圧搾《あっさく》、圧砕だ♪」

その歌詞がおかしかったからか、シータはくすりと笑声をこぼす。

エレンが振り向き、笑いかければ、シータは彼女と一緒に「カーカ、カカカカ、カーカカカカ♪」と歌い始める。

「「全速前進♪　どんどん潰れる。どんどん潰れる♪　圧縮、圧搾《あっさく》、圧砕だ♪」」

人を食ったような歌が地下劇場に響き渡る。

愉快で、楽しく、悩みなど吹き飛ばしてしまいそうな、馬鹿馬鹿しい歌詞だ。エレンとシータは二人、ノリにノって、圧縮、圧搾《あっさく》、圧砕の歌を歌い続けた。

「あははっ。なにこれ？　こんな歌詞つけた人初めてだよ」

曲が終わり、シータが笑顔でそう言った。

エレンはにっこりと笑い、それに応じる。

「あたし、聖歌隊の話が来たとき、最初は絶対無理だって思ってたよ」

その言葉を聞き、シータは真剣な表情になった。

「魔王の聖歌隊だったから。魔王って言っても、ミリティア世界の話で、大魔王ジニア・シーヴァヘルドとは関係がないんだけど……あたしにとっては、それよりもずっとずっとすごくて、雲の上の存在なんだ」

過去を振り返るように彼女は言う。

「あたしよりも歌が上手《うま》い人は沢山いて、あたしよりも相応《ふさわ》しい人はいっぱいいて、あたしは聖歌隊になるべきじゃないと思ってた」

エレンの言葉に答えを探すように、シータは真摯な眼差《まなざ》しで耳を傾けている。

「でも、その人が言ってくれたんだ。その歌は俺に捧《ささ》げよって。俺が聴きたいんだって」

誇らしそうにエレンは笑う。

「だから、あたしはなにがあってもその人のために歌うんだ。相応《ふさわ》しくなるために一生懸命頑張るんだ。だって、その人はどんなことがあっても、自分の好きなものを曲げたりしないから」

ほんの少し照れながら、それでも真摯に彼女は打ち明けた。

「あたしはいつかあの雲の上にまで届くように、精一杯歌い続けなきゃいけない。それでこそ魔王聖歌隊だって、沢山の人に認めてもらうために」

重責に押し潰されそうだったシータに、エレンは語りかける。それは彼女が似た経験をしたからこそ、言える言葉だろう。

「ウィスプウェンズのことはわからないけど、でも、あたしたちに一番大事なのはなんのために歌うかだよ。それがわかれば、きっと、覚悟なんていくらでも決められる」

果たしてエレンの言葉になにを感じ取ったか、シータははっと息を呑《の》んだ。

「シータはどうして歌ってるの？」

エレンがまっすぐ問う。

「…………わたしは——」

と、そのとき、足音が響いた。何者かが階段を下りてくる。

「こっちに来て」

慌てたようにシータはエレンの手を取り、走り出す。

「ど、どうしたの？」

「みんなが戻ってきた。吟遊神選でみんなナーバスになってるし、他の候補者のスパイだと思われたら、ちょっと大変かもしれない」

言いながら、シータは壁に向かって簡単なメロディを歌った。それは魔法陣となり、壁に隠し通路を作った。

「ごめんね。ここをまっすぐ行けば、外に出られるから」

エレンは魔法陣を描き、そこに手を入れた。

取り出したのは楽譜だ。

「あたしたちの世界の歌。よかったら、気晴らしに歌ってみて」

シータはそれを大切そうに受け取る。

そして、頭につけた蒼《あお》い花を外すと、エレンに渡した。

「ありがとう。絶対、覚えるね。次はエレンの世界の歌を一緒に歌おう」

「うんっ。また会いにくるね」

ガタッと物音が響く。

「シータ？　そこにいるのか？　なにをしている？」

男の声が響く。

「行って」

「またねっ。ばいばいっ」

そう口にしてエレンは隠し通路を走っていく。

もしかしたら追っ手がくるかもしれない、と彼女は何度か振り返る。だが、シータが上手《うま》くやってくれたのだろう。気がつかれた気配はなく、エレンはそのまま階段を上り終えて、街の外に出た。

目の前には大きな桃の木がある。

エレンはぐるりと周囲を見回した。

家がずらりと並んでいる。住宅街のようだ。

「……ここどこ？」

自分以外の声を聞き、驚いたようにエレンが振り向く。

すると、同じくびっくりした表情の女の子と目が合った。

後ろにまとめたお団子ヘアに、赤い花を挿している。旅人が着る外套《がいとう》を纏《まと》っているが、どこか舞台用の衣装のように上質で、華やかだった。

「迷子の人いるじゃんっ！」

「あ、え……そ、そっちこそっ……」

唐突に話しかけられ、エレンはそんな返しをするしかなかった。

「や。違う、違うの。聞いて。あたしってさ、田舎から出てきたじゃん？」

「じゃんって言われても……知らないし……」

「そこはどうでもいいの。でね、一ヶ月経《た》ったんだけどね、未《いま》だに道が覚えられないのね」

「やっぱりそれ、迷子だよね……」

すると、花が咲いたような笑顔で彼女は言う。

「大丈夫！　気持ちはまだ迷ってないから！」

「そうなんだ……」

エレンは呆《あき》れるしかない様子である。

「あのさ」

「はい」

「あたしはリンファ。こう見えて、赤星歌唱団《せきせいかしょうだん》のリーダーなんだ。吟遊宗主になるから、よろしく」

　と、彼女は元気よく手を上げた。

　エレンは呆気《あっけ》にとられる他なかった。

「……え、ええと……あたしはエレン……」

「エレンさ」

「はい」

「第三広場ってところに行きたいんだけど、知らない？」

「……あたしも迷子だけど……」

「あー！」

　今思い出したというようにリンファが声を上げる。

「ごめんごめん。忘れてた。エレンはどこ行くの？」

「あたしも第三広場かな。そこまで行けば、なんとかわかりそうだし」

「偶然じゃん。一緒に行こうよ」

「え？」

　エレンが疑問の表情を向けるも、リンファはすでに歩き出していた。

「行かないの？　たぶん、こっちに行けば大きな並木道だから、そしたら人に訊《き》こうよ」

「あ、え、えと、行くっ」

　リンファの後を、エレンは早足で追いかけていく。しばらくは黙って彼女についていったのだが、ふと周りの風景を見ながら、エレンは疑問の表情を浮かべた。

「ねえ。リンファ」

「なに？」

「……ここすっごく見覚えがあるんだけど、迷ってない？」

「この辺りって、同じ家が多いじゃん？　だから、慣れてないとわかんなくなるんだよね。でも、大丈夫。ここを曲がれば――」

リンファが足を止める。

目の前には、大きな桃の木がある。

先程の場所に戻ってきていた。

「迷子じゃん」

「やっぱりじゃん！」

口調がつられながらも、エレンがつっこんだ。

「大丈夫。気持ちはまだもうちょっと頑張れるかも」

「さっきより折れかけてないっ？」

自分の頭に手をやり、リンファが苦笑いを返す。

「よし。じゃ、最後の手段」

「どうするの？」

リンファが数歩、前に出る。

「歌う」

「はい？」

すっとリンファが息を吸う。

「ちょ、ちょっと待って、歌ってどうす――」

言いかけて、エレンは言葉を切った。

響き渡ったリンファの歌は、彼女の周囲に赤い花を舞わせている。

「――迷子じゃん♪」

と、彼女は歌い上げる。

声量はさほど大きくはなく、シータに比べれば決して綺麗《きれい》な歌声ではない。即興なのか、歌詞もただ「迷子じゃん♪　迷子じゃん♪」とひたすらに繰り返すのみだ。

けれども、エレンは耳を奪われ、目を丸くしていた。どうしてか、どういうわけか、どうしようもなく心が弾む。そんな表情だ。

その歌はエレンの胸に深く深く響き渡った。

§13．【赤星歌唱団】

それは奇妙な歌だった。

メロディにもフレーズにも変化はなく、ただ「迷子じゃん♪」を延々と繰り返しているだけだ。

決して上手《うま》いとは言えず、時折リズムさえでたらめになる。

にもかかわらず、彼女の熱が伝わってくる。

一言、一言、熱く、強く、感情を乗せた波がエレンにぶつけられ、その心を揺さぶった。

迷子になってしまったリンファの想《おも》い。困っているのに、どこか楽しげで、ひどく前向きで、なによりもどっちへ進めばいいんだという切実な悩みに満ちている。

リンファの考えが手に取るようにわかる気がしたのか、エレンは心底おかしそうに笑った。

すると、リンファが振り向き、彼女を指さす。

「迷子じゃん♪」

と誘うように、歌が響く。

リンファの意図を察し、エレンは「迷子じゃん♪」と歌を返した。

剝《む》き出《だ》しの感情をぶつけてくるリンファの歌に合わせて、エレンも思いっきり迷子の気持ちを歌い上げる。

知らない世界で迷子になってしまい、もう歌うしかないといったコミカルな感情が音に乗る。

そして、その歌声は彼方《かなた》にまで響き渡った。

にんまりとリンファは笑い、歌にますます熱が帯びる。対抗するようにエレンも歌い、その場は熱狂に包まれていく。

迷子じゃん、とひたすらに迷子の二人は歌い上げる。ひどく愉快で、とても楽しげで、しかし困り果てた様子が如実《にょじつ》に伝わってきた。

「エレン」

ひとしきり歌い終わった後、リンファが笑いかけてきて、片手を上げる。促されるようにエレンが手を上げれば、彼女はバチンッとハイタッチをした。

「いいね。最高じゃん」

すると、嬉《うれ》しそうにエレンも表情を綻ばせる。

「リンファもすごいっ。こんな歌初めて聴いたっ」

「ありがと。吟遊神選、負けないから」

「え？」

エレンは疑問の表情を彼女に向けた。

「え、じゃなくて、エレンも出るでしょ。そんだけ歌えるんだから」

「あ、う、うぅん。あたしはあの、ウィスプウェンズの住人じゃなくて、転生世界ミリティアから来たから」

驚いたようにリンファは口を大きく開けた。

「……マジでっ⁉」

「うん、マジマジ」

興味津々《きょうみしんしん》といった風にリンファはエレンの周囲をぐるりと回り、その体を見回していく。

「今でもウィスプウェンズに他の世界からお客さんが来るんだ。あたし、初めて会ったよ」

吟遊宗主エルムは、ウィスプウェンズは他の世界と交流を持たないと言っていた。銀泡の中に入るのに歌が必要だったが、殆《ほとん》どの者はあそこで阻《はば》まれるのだろう。ゆえに、外の世界の住人と会ったことがない者が多いのだ。

「リンファは吟遊神選出るんだ？」

「もち。あたし、吟遊宗主になるから」

あまりに自信たっぷりにリンファが言うので、思わずエレンは笑った。

「あー、笑うのひどいじゃん」

「ち、違うよっ。だって、リンファがもう決まってるみたいに言うから」

そうエレンが言うと、彼女は得意気な表情を向けてきた。

「どうして吟遊宗主になりたいの？」

「世界征服」

「はいっ？」

エレンがきょとんとすると、リンファはにんまりと笑みを覗《のぞ》かせた。

「世界征服するんじゃん。あたしの歌で」

思いも寄らない回答にエレンが呆気《あっけ》にとられていると、今度はリンファが訊《き》いてきた。

「エレンはなにしに来たの？」

「えっとね、吟遊宗主様に力を借りに来たんだ」

「エルム様の？　どして？」

「細かく説明すると長くなっちゃうんだけど……」

と、前置きして、エレンは銀滅魔法のことや、その対抗手段である神詩ロドウェルのことを簡単に説明した。

「へー、そうなんだ。それで吟遊神選の候補者たちを探してる途中ってことか」

「うん」

「じゃ、ちょうどよかったじゃん」

なにが、とエレンが尋ねようとしたちょうどそのとき、遠くから声が聞こえてきた。

「リンファ～!!」

見れば、リンファとよく似た外套《がいとう》を着た女の子四人が走ってきている。それぞれ、手にバイオリン、ビオラ、ハープ、フルートを持っている。

「歌った甲斐《かい》があったじゃん」

歌声を聴いて、自分を捜しにきてもらう目的だったのだろう。リンファは駆けてくる少女たちに手を振った。

四人はすぐにリンファのもとまでやってきた。

「捜しましたよ。迷子になるんだから、はぐれないようにと何度も口を酸《す》っぱくして言っているでしょう」

バイオリンを持った少女が開口一番、そう苦言を呈す。

「ごめんごめん。今日はいけると思ったんだけどさ」

「毎日迷って、どうして今日だけいけると思えるのかわかりませんね」

ぴしゃりと言われるも、リンファは特に気にした素振りもなく笑っている。すると、バイオリンの少女はエレンに気がついた。

「こちらの方は？」

「エレン。あたしの友達」

「友達っ？」

　びっくりしたようにエレンが聞く。

　しかし、あっけらかんとリンファは言った。

「一緒に歌ったじゃん」

「まったくもう、あなたは……」

　バイオリンの少女がため息交じりに言う。

「すみません、リンファがご迷惑をおかけしたみたいで。悪気はないんですが、少し人との距離感をはかるのが苦手なところがあって」

「それだと、あたしが空気読めないみたいじゃん」

「ですから、そう言っているのです」

　すげなく言われ、リンファは唇を尖《とが》らせる。

「あ、あのっ……確かに会ったのは今日が初めてですけど、リンファの歌はすごいって思ったし、一緒に歌えて楽しかったし、だからちゃんと友達ですっ」

　意外そうにバイオリンの少女はエレンを見る。隣で「ほら、言ったじゃん」とリンファは得意気な様子だった。

「リンファと仲良くしてくださってありがとうございます」

　バイオリンの少女は言う。

「わたしはリンファと同じ赤星歌唱団の一員、イリヤです」

「ナオです」

「ソナタですっ！」

「ミレイです」

ビオラ、ハープ、フルートを持った少女たちがぺこりと頭を下げる。

「エレンです。よろしくお願いします」

「こちらこそ、よろしくお願いします」

イリヤとエレンは握手を交わす。

続いて、ナオ、ソナタ、ミレイとも握手をした。

「エレンは外の世界から来たんだよ。銀滅魔法を隠してた小世界があるから、次期吟遊宗主の力を借りたいんだって」

先程エレンから聞いたことをリンファが簡単に説明する。

「ちょうどいいじゃん。手伝ってあげようよ」

「リンファ。物事には順序というものがあるでしょう。まだ吟遊宗主になったわけでもないのに……」

「なるよ」

リンファははっきりと言い切った。

「あたしはずっと本気だよ。吟遊宗主になれなかったときのことなんて考えてない」

彼女はまっすぐイリヤの目を見つめている。

「イリヤは違うの？」

困ったように、イリヤはため息をつく。

「もちろん、わたしもそうです。そうですけど、人前でそんなことを言っては、変に思われますから」

「そうなの？」

と、リンファは軽い調子でエレンに訊《き》く。

「う、うぅん。あたしは、すごいと思う」

「ほら、大丈夫じゃん」

少年のような笑みを浮かべるリンファを見て、「……そうですね」とイリヤは半ば呆《あき》れた様子で返事をした。

「あの、ちょうどいいっていうのは……？」

先程から気になっていたことを、エレンがここぞとばかりに質問した。

「赤星歌唱団は、歌による自由と平等、それから和平を目指してるんだ。だから、銀滅魔法なんて当然だめでしょ」

銀泡を滅ぼすほどの大魔法に対して、リンファはまるで路上にゴミを捨てるなというぐらいの気軽さで言った。

「リンファたちは、吟遊派ってこと？」

「吟遊派？　違う違う」

「あれ？　でも、外の世界と交流を持つのは吟遊派じゃ……？　穏健派だと、手伝えないよね？」

「赤星歌唱団はどっちでもないよ。穏健派も吟遊派もつまんないことばっかり言ってるじゃん。

あたしはもっと根本からウィスプウェンズを変えたいんだ。もっと自由で、もっと平等に。みんなが楽しく歌えるように」

エレンは疑問の表情を浮かべる。

今日、ウィスプウェンズへ来たばかりの彼女には、リンファの言葉の意味がよくわからなかった。

それでも、彼女の熱量が並々ならぬことはわかる。リンファは目的のために、一意専心の努力を重ねここまで来たに違いない。エレンにもそれが伝わったはずだ。リンファの眼差《まなざ》しは、かつて統一派に所属していたエレンたちとよく似ていた。

「リンファ。それ、もっと詳しく訊《き》いてもいい？」

「興味あるの？」

大きくエレンはうなずいた。

その真剣な眼差《まなざ》しを見て、リンファは表情を柔らかくした。彼女もまたエレンに自分と似たようなものを感じていたのかもしれない。

「あたしの幼馴染《おさななじ》みに、シータっていう歌の上手な子がいてね。昔、約束したんだ。大きくなったら吟遊詩人になって、一緒に旅をしながら、色んな街で歌おうって」

静かに、彼女は語り始めた。

「だけど、今この世界じゃ、その約束は絶対に果たせなかった」

§14．【夢破れて】

一一年前——

辺境の村トーラルで、リンファは楽器工房を営む両親の間に生まれた。

吟遊世界ウィスプウェンズでは、息から楽器が生まれる。

作るのは器霊族《きれいぞく》と呼ばれる者たちだ。彼らの吐く息は特殊で、それは炎に変わる。創炎《そうえん》と呼ばれるこの白い炎を、直接手でこね、楽器を成形するのだ。

器霊族の作る楽器は他の世界のものとは比べられないほど美しい音を奏《かな》でるという。

息を創炎に変えるのは器霊族でも長い年月を要する。両親はリンファを立派な楽器職人に育てるため、五歳の頃から訓練を施していた。

しかし、じっとしていられない性格のリンファはよく訓練をサボり、外へ遊びに行った。

お気に入りの場所は広場である。

そこには小さなステージがあり、辺境の街ながらも時折、吟遊詩人が訪れるのだ。

平素から歌い手や演奏者たちで賑《にぎ》わっており、彼女はそこで様々な音楽に触れるのが好きだった。

そんなある日のこと——いつものように自宅を抜け出して、リンファが広場へ繰り出すと、まだ時間が早かったのか、閑散としていた。

だが、歌が聞こえた。

見れば、リンファと同い年ぐらいの女の子が小さなステージの上で一人歌っているのだ。透き通るような美しい歌声に誘われるように、リンファは誰もいない客席の最前列まで歩いていった。

キラキラと宝石のようにその歌は輝く。

それがあまりにも眩《まぶ》しくて、リンファはあっという間にその子のファンになった。彼女に憧れ、自然と同じ歌を口ずさむ。

するとしばらくしてそれに気がついたか、女の子は途中で歌をやめた。

リンファがあっと口を開き、身を竦《すく》めながらステージを見た。

やってしまった、と彼女は思う。

「一緒に歌おう？」

その子はステージから手を差し出した。

リンファが目を丸くする。

「あ、だけど……」

ばつが悪そうに、リンファは言った。

「あたしは器霊族だから」

ウィスプウェンズには二つの種族がいる。楽器の製造、演奏に秀《ひい》でた才能を持つ器霊族。そして、歌唱に秀《ひい》でた唱霊族《しょうれいぞく》だ。

唱霊族は優れた声帯を持っており、鍛えた歌声は千里先にまで届くという。

一方で吐く息が創炎に変わる器霊族の特殊な発声器官は繊細で、音程も乱れやすく、歌を歌うのには適していなかった。

そのため、ウィスプウェンズにおいて吟遊詩人になれるのは唱霊族のみであり、ステージで歌うのも彼女たちだけというのが古くからの慣習なのだ。

だけど、その子は言った。

「器霊族だから、どうしたの？」

そんな台詞《せりふ》が返ってくるとは思わず、リンファはただ彼女を見返すばかりだ。

「……ステージで歌ったら、怒られるから……」

「大丈夫だよ。誰もいないし」

その子は手を引っ込めようとはしない。

彼女が本気なのがわかると、リンファは意を決したようにその手を取り、ステージに上がった。

指先で指揮棒を振るように、女の子が合図を出す。

それに合わせ、リンファは大きく歌い上げた。

女の子の輝くような歌声と共鳴するように、リンファの声はどこまでも遠く響き渡る。

その瞬間――静かに、心の奥底からこみ上げる。

リンファが感じたことのないなにかが、強い衝動が、そこにはあった。

どくん、どくん、と心臓が脈を打ち、歌い上げる自らの表情が自然と緩むのがわかった。


――なんだろう？　この感覚は。

リンファは自問する。思いきり声を上げる度に、その疑問は少しずつ確信へと変わっていく。

──どうしてだろう、この気持ちは？

はっきりと彼女の魂が輪郭を象《かたど》り始める。

──楽しい。

──ステージで歌うのって、こんなにも気持ちがいいんだ。

ステージの前へ、大きく一歩を踏み出し、リンファは天に届けとばかり声を上げる。

──もっと遠くへ。

──もっと届けたい。

──もっと、もっと、歌いたい。

その衝動はリンファの体中に溢《あふ》れんばかりに渦を巻いた。

両親には楽器工房を継ぐように言われていた。それが嫌というわけではなく、当たり前のことだと思っていた。友達の器霊族も皆、そうだったからだ。むしろ、器霊族で自分の楽器工房を持てるという将来が約束されている者は恵まれている。

両親の腕は良く、楽器工房には多くの演奏家から注文が入る。しっかりと技術を習得すれば、コネクションはそのままリンファに引き継がれるだろう。将来は安泰だ。

だけど、この日、彼女は出会ったのだ。

自分がなんのために生まれてきたのか。

その意味に――

「あなたの歌、すごいね」

歌い終わった後、息を弾ませながら、その子は言った。キラキラと舞い散る汗さえ、とても綺麗《きれい》だったのをリンファはよく覚えている。

「ほんと？」

「うん」

柔らかくその子は微笑《ほほえ》んだ。

それが、リンファにはたまらなく嬉《うれ》しかった。

「わたしはシータ。あなたは？」

「リンファ」

「ねえ、リンファ。いつか吟遊詩人になって、二人で色んなところに歌いにいこうよ」

シータの申し出に、リンファは再び目を丸くする。

そんなことはありえない。わかっていても、彼女は訊《き》かずにはいられなかった。

「……あたし、吟遊詩人になれるかな？」

「絶対なれるよ。だって、わたし、あなたみたいな歌を歌う人、他に知らない」

シータはまっすぐリンファを見つめる。

照れたように、彼女はうなずく。

誰もいない広場の小さなステージで、リンファとシータは指切りをした。

それから二人は、時間を見つけては一緒に歌の練習をするようになった。

器霊族は吟遊詩人になれない。

そんな古い慣習など、リンファは自分の歌で打ち破れるような気がしたのだ。

彼女の前に現実の壁が立ちはだかったのは、それから数年後のこと。

吟遊詩人になるための教育機関、唱歌学院《しょうかがくいん》の受験資格がないと知ったときのことだった。

リンファは諦めずに、直接受験会場に乗り込み、実技試験を受けた。それは歌を1キロ先まで届けるというものだ。大きな声を出そうとするほど、吐く息が創炎に変わってしまう器霊族には極めて困難な試験である。

だが、リンファは創炎を抑え込みながらも、懸命に歌い、見事1キロ先まで声を届けた。

決して簡単なことではなかった。声帯と喉に負担がかかり、抑え込んだ創炎が逆流して、彼女の喉を焼いた。

歌い終えた後、リンファは吐血して、立ち上がれなくなるほどだった。

結果は不合格だ。

理由は元々、器霊族に受験資格はない、というものだった。不服を訴える彼女に、試験官は言ったのだ。

「声帯と喉を傷つけ、血を吐くほどの思いをしてやっと1キロ先に歌を届けたのが君だ。だが、合格した唱霊族は皆それを数十分、一時間と続けられる。試験ぐらいで倒れていてはとても吟遊詩人になれる素質はない」

受験資格がないのは、不公平ではない。そもそも器霊族には不可能であり、成し遂げようとすればリンファのように声帯を著しく損傷させてしまうからだ。そういう説明だった。

血を吐いたのも、倒れたのも事実だ。

大人になるにつれ、唱霊族と器霊族の特徴はより色濃く表われるようになった。リンファは唱霊族の誰よりも声を出すことが苦手だった。

実力がない、と言われてはそれ以上の反論はできるはずもない。

やがて季節が巡り、リンファの喉の傷が癒える頃、唱歌学院への入学時期が迫っていた。

辺境の村トーラルでは、唱歌学院のある首都へ旅立っていく若者たちの姿が見える。シータもその一人だった。彼女は首席で唱歌学院に入学を果たした。

村の前。

リンファは彼女の見送りに訪れていた。

「喉は平気？」

心配そうにシータが訊《き》く。

「まだちょっと歌うと痛いけど、普通に喋《しゃべ》る分には大丈夫」

リンファはそう答えた。

「……ごめんね……」

思い詰めた表情で、シータは言った。

「わたし、寂しかったんだ。一人で歌うのが心細かった。才能があるから、わたしは吟遊詩人になるんだってみんな言うけど、ステージの上はいつも孤独で。だけど、リンファと一緒に歌うときだけは楽しかった。二人なら怖くなかった」

訥々《とつとつ》と彼女は想《おも》いを吐露する。

「なにも知らなくて、器霊族のこともよくわかってなくて……リンファと初めて会った日に、わたし、馬鹿なことを言ってしまった……」

じわりと彼女の瞳に涙が滲《にじ》む。

その宝石のような声が、悲しみに震えていた。

「シータ」

「……ずっと、一緒にわたしの馬鹿な夢につきあってくれてありがとう。でも、もう大丈夫だから」

シータに伸ばされた手が、ぴたりと止まる。

「わたし、一人でも大丈夫になるから。だから、リンファはもう無理しなくてもいいんだよ」

「……なに言って」

「じゃないと、歌えなくなっちゃうから」

真っ赤な瞳で、シータは言う。

「リンファの大好きな歌が、歌えなくなっちゃうよ」

伸ばした手を、リンファはゆっくりと下ろす。

回復魔法を使っているのに、喉は未《いま》だ治っていない。

器霊族の彼女が吟遊詩人になるには、どんな無茶でもしなければならない。喉と声帯を傷つけ、二度と歌が歌えなくなることだって考えられた。

そして、それでどうにか唱霊族と同じレベルの歌を歌ったとしても、吟遊詩人になれる保証などないのだ。

「約束、忘れてね。リンファは吟遊詩人になれないから」

言い残し、シータは去っていく。

その背中をリンファはただじっと見つめるしかできない。

リンファは吟遊詩人になれないから、と寂しそうに言ったシータの言葉が、何度も何度も彼女の胸の中で木霊《こだま》していた。

§15.【勘】

「——それから、あたしは色々考えたよ。色々考えて、吟遊詩人になるのは諦めた」

シータとの過去を語った後、大きな桃の木の前でリンファはそう口にした。

「え……そうなの……?」

半ば驚いたように、エレンが聞く。諦めたようには、とても見えなかったからだろう。

「だって、なれないじゃん」

ごく当たり前のことばかりに、あっけらかんとリンファは言った。

「もしもあたしがシータよりすごい歌を歌ったとしても、唱歌学院の入学資格はないでしょ。それがウィスプウェンズの決まりなんだ。昔のあたしは、そんなことさえわかってない子どもだったの」

言葉だけを聞けば、まるで諦めたかのようだった。けれどもそれとは裏腹に、彼女の瞳はどこまでもまっすぐ前を向いている。

「だから、吟遊宗主になって、決まりを変える。調べたんだよね。吟遊神選だけは種族を問わず、立候補できる。ウィスプウェンズに生きるすべての人々の中から、一番の歌い手を決める神聖なる儀式だから、誰も拒むことはできないんだ」

ふふん、と得意気にリンファは笑みを見せた。

「これが大人のやり方ってやつ」

吟遊詩人にすらならず、ウィスプウェンズの元首を目指すというリンファの発言に、エレンは驚きを隠せなかった。

大人のやり方どころか、ますます無茶が加速している。そう言わんばかりの表情で、歯を見せて笑うリンファを見返している。

「こういう人なのですよ」

気苦労が絶えないといった風に、イリヤが苦笑する。

「困っちゃうよね」

「リンファとつきあってると、ほんと大変」

「ねー」

同じような顔で、赤星歌唱団のメンバー、ナオ、ソナタ、ミレイが言った。

だが、それでも彼女たちはここまでリンファとともにやってきたのだ。これから歩もうとしている道にどれほどの苦難があるのか、この世界に生まれ育った彼女たちが、誰よりもよく理解していることだろう。

「皆さんはリンファが吟遊宗主になれるって信じてるんですか？」

真剣な顔でエレンが問う。

イリヤたちは微笑《ほほえ》みでもってそれに答えた。

「エレンは、もしも自分が歌だったらって考えたことある？」

そうリンファが聞き返した。

「え、えーと、ないかな」

「この世界の主神はね、神詩ロドウェル、歌そのものなんだよ」

リンファが言う。

「あたしさ、考えたんだよね。もしも、あたしが歌だったら、この世界をどんな風に作るだろうって」

彼女は空を見上げる。

微《かす》かな歌と音楽がそこに響いていた。

「やっぱり、色んな人に歌ってもらいたいじゃん？」

「……そうかも」

リンファの言葉が腑《ふ》に落ちたか、すんなりとエレンは同意した。

「その方が楽しいよねっ、きっと。色んな人に歌ってもらって、色んなところで音と踊る感じ」

「そうそう。歌にとったらさ、種族の違いなんてどうでもいいじゃん。吟遊詩人も歌唱学院も、唱霊族のものだけだなんて、ロドウェルが言うとは思えない」

それは才がなくとも、歌を愛し続けたリンファが辿《たど》り着《つ》いた答えだったのかもしれない。

彼女は確信に満ちた強い瞳で訴えた。

「歌は誰にでも平等でしょ。それがこの世界の秩序だってことを、あたしは吟遊神選で証明するために来たんだ」

自信たっぷりの笑みをたたえ、リンファは続ける。

「穏健派とか吟遊派とか、外の世界に出るとか出ないとか、みんなつまらないことで諍《いさか》い合ってる。だけど、今の吟遊詩人たちは人の都合しか見えてない。あたしたちはもっと、歌の気持ちになって考えなきゃいけないと思うんだよね」

「歌の気持ちかぁ」

感心したように、エレンが言う。

「なんだか、それいいね」

「そうでしょ」

リンファの口ぶりはまるで悪戯《いたずら》好きな子どものそれだった。

そのとき、また遠くから誰かの声が聞こえてきた。

「エレン〜〜〜っ」

走ってきたのはジェシカたち、ファンユニオンだ。

「よかった〜。はぐれちゃったから、どうしようかと思ったよ」

彼女たちは、エレンのそばに集まってくる。そこで、ふとリンファたちに気がついた。

「あれ？」

「どちらさま？」

シアとマイアが、リンファたちを不思議そうに見た。

「えっと、赤星歌唱団の皆さんだよ」

紹介するようにエレンが手で指し示す。

「彼女はリンファ。吟遊神選に立候補してるんだって。穏健派でも、吟遊派でもなくて、でも、とても素敵な考え方を持ってて……」

エレンは途中で言葉を切り、考えるようにうつむく。

「エレン？」

「どしたの？」

ジェシカとヒムカが、エレンの顔を覗《のぞ》き込《こ》む。

「——あたし、決めた」

顔を上げて、力強くエレンは拳を握った。

「吟遊神選、リンファたちの応援しようよっ。絶対、オススメだからっ！」

「え、と……」

唐突に言われ、ジェシカは返答に困っている様子だ。

「でも、エールドメード先生に許可とらないとまずくない？」

「だよね。あたしたちで勝手に決めるわけにはいかないし……」

「大丈夫っ！　絶対、エールドメード先生も納得してくれるからっ！」

エレンの気迫に、他のメンバーはたじろいでいる。

「ええと、じゃ、じゃあ訊《き》くけど、赤星歌唱団の応援をした方がいい理由ってなに？」

「勘！」

堂々と言い放ったエレンを、少女たちは呆《あき》れたように見るしかない。

「じゃなくて、勘は勘なんだけど、でも、リンファはあたしたちに協力してくれるって言ってるし、それに歌を聴いたら絶対みんなもそう思うからっ」

慌ててエレンが弁解していると、「あははっ」とリンファが笑声を漏らした。

「ありがと、エレン。あたし、喉が裂けたって歌うから」

「リンファが言うと冗談になりません」

と、イリヤが軽く言い咎《とが》める。

「でも実際、覚悟しなきゃじゃん。吟遊神選はウィスプウェンズ中に歌を届けなきゃいけないんだから」

「ウィスプウェンズ中って、《思念通信《リークス》》とかを使わずに？」

エレンが訊《き》く。

「そう、生歌で。って言っても、団体参加オッケーだし、伴奏も合唱もなんでもアリ。イリヤたちに手伝ってもらえば、ぎりぎりいけると思うんだよね」

「どうでしょうね。一流の吟遊詩人なら、一人でもそれぐらいはできますから、わたしたちが不利なのは変わりません。合唱魔法は負担も大きいですから」

　イリヤがそう苦言を呈す。

「でも、有利じゃん。今までで一番」

　リンファがニッと笑みを見せる。

「吟遊神選だけは歌う前から決まってる勝負じゃない。あたしを選ぶのは試験官でも、お偉いさんでもない。慣習でもしきたりでもない。ウィスプウェンズのみんなじゃん」

　リンファはピッと伸ばした人差し指をイリヤに向ける。

「見ててよ。度肝を抜いてやるから」

「あなたの実力はわかっていますが、吟遊神選の一回で終わるわけにはいきません。喉が裂けてもなどと、二度と口にしないように」

「そうは言うけどさ。これで負けたら、次なんて――」

「あのっ！」

　二人の会話に、エレンが割って入る。

「声が遠くまで届けばいいんだよね？」

「……そうだけど？」

「あたしの、あたしたちの世界の魔法を使えば、今よりもっと負担が減るかもしれないっ」

　一瞬目を丸くした後、すぐにリンファは笑った。

「へえ。いいじゃん」

そう言ってリンファは、イリヤたちを振り向いた。

「そんな魔法があるんなら教えてもらおっか？」

「いえ」

イリヤは即答した。

「お気持ちは嬉《うれ》しいのですが、合唱魔法も限界ぎりぎりまで使いますから、余分な魔力はもう」

「大丈夫だよっ。あたしたちの魔法は心を魔力に変えるものだからっ。きっと、リンファなら、使いこなせると思うっ」

それを聞き、リンファとイリヤが顔を見合わせたのだった。

§16．【狂信と愛】

赤星歌唱団拠点。第四広場。

「うりゃあああああぁぁぁぁぁぁぁぁぁっ!!」

吟遊神選を目前に控え、追い込みに余念がないはずのその場所からは、なぜか歌でも音楽でもなく、奇声が鳴り響いている。

「はあぁぁぁぁぁぁぁぁぁぁぁぁぁぁぁぁぁっ!!」

リンファを始め、赤星歌唱団のメンバーにファンユニオンの少女たちが《狂愛域《ガルド・アスク》》の指導をしているのだ。

「てぇぇぇぇぇぇぇぇぇぇぇぇぇぇぇぇぇぇぇいっ！！！」

「違う違うっ」

ひたすら力んで声を上げるリンファを、エレンが止める。

「何度も言うように、この魔法に必要なのは狂信的な愛だから。リンファのはただの気合いだよ」

「うーん、狂信的って言われても、あたし別に宗教とかやってないし」

どうすればいいのか、といった風にリンファは天を仰ぐ。

「宗教は関係ないよ。あたしたちも全然宗教とかわからないし。ね」

「うん」

「じゃ、エレンたちのもっかい見せてよ」

リンファは両手を合わせ、頼み込む。

「いいよ。じゃ、ジェシカと二人で」

エレンとジェシカは向き合い、そっと目を閉じる。心を一つに重ねた次の瞬間、《狂愛域《ガルド・アスク》》を発動した。想《おも》いが魔力に変換され、泥のような粘性を帯びた光が一気に放出されていく。

「こんな感じ。どう？」

「うーん……」

リンファは《狂愛域《ガルド・アスク》》を見ながら首を捻《ひね》る。

「エレンたちはそれ、なにを狂信してるの？」

「アノス様って言って、すっっ――」

時間が停止したと思えるほどに、エレンは溜《た》めている。

まだ溜《た》めている。

まだまだまだ溜《た》めている。

リンファは訝《いぶか》しげな表情でマジマジと彼女を見た。

「エレン……？」

「――っごい尊い御方がいるのっ！」

「尊い御方っていうか、もうすべてだよね。世界のすべて」

「そうそれ。それそれそれそれ！」

ジェシカの言葉にエレンは力強すぎるほど同意している。

「というか、世界のすべてでも足りないぐらいの。言うなれば、世界の中にアノス様がいるんじゃなくて、世界の外まで広がっているって感じで。だから、世界っていう物差しじゃ、アノス様を測れなくて、あたしたちはその偉大さに、ああ偉大だなぁって思うことしかできないっていうかっ！　つまり、アノス様を語るには如何《いか》なる言葉も意味をなさなくて、もうほんっとアノス様っていうしかないんだよっ！　わかるっ？」

「……う、うん。わからないけど、大体わかった……」

エレンの熱量に、リンファは幾分かたじろいでいる様子である。

「エレンがそんなに心酔してるなら、そのアノス様っていう人はすごい吟遊詩人になれそうだね」

「いいかもっ！　アノス様の吟遊詩人、あたし、毎日観に行くっ！」

「そろそろ、かなり脱線してるわよ……」

話を戻そうと、ジェシカが言う。

「と、ということで、なんでもいいんだけど、強い愛をこうぐっと抱き締める感じで、魔法を使えば発動するよっ！」

我を忘れていたことを誤魔化すような勢いで、エレンがそうまくし立てる。

「リンファたちは音楽が好きなんだから、その想《おも》いをそのまま出せばいいと思うんだよね」

「そうかなぁ……？」

リンファはうーん、と考え込んでいる。

「あたしたちは音楽が好きだし、歌への情熱だって誰にも負けない。負けないけど……エレンが言うような感じとはちょっと違うんだよね。もっと、当たり前のことだし。ね、イリヤ」

少し離れた位置で、ノノとヒムカから《狂愛域《ガルド・アスク》》の教えを受けていた少女がこちらを振り向く。

「そうですね。狂信的というと、少し違うのかもしれません。ウィスプウェンズの誰もが歌を歌い、音楽を奏《かな》でます。それはもう私たちの生活の一部であり、半身なのだと思います」

「そっかぁ……」

今度はエレンが考え込む。

「じゃ、《狂愛域》《ガルド・アスク》の対象をもう一回考え直した方がいいかも？」

名案は浮かばない様子で、エレンはうんうんと唸《うな》っている。

「先にご飯食べようよ。そろそろ、できるじゃん」

野営用の炊事場では火がおこされており、串に刺された肉が金網の上でジュージューと焼けている。

赤星歌唱団のナオ、ソナタ、ミレイとシア、マイア、シェリア、カーサがそれをもぐもぐと頬張りながら、楽しげに談笑しているのが見えた。

「あ！　ずるい！　もう食べてるっ！」

「どうりで美味《おい》しそうな匂いがすると思ったっ！」

そう言いながら、エレンたちが詰め寄っていく。

「ほら、休憩も大事だから」

「《狂愛域》《ガルド・アスク》は心で発動するんだから、鋭気を養わないと」

マイアとシェリアがそう言い訳をする。

「エレンも食べなよ」

リンファが串焼き肉を差し出してくる。一本は自分の分を確保しており、それはすでに口の中だ。

「ありがとう」

串焼き肉にふーふーと息をかけて、エレンはぱくりと食いついた。途端に彼女は表情を蕩《とろ》けさせる。

「なにこれっ？　美味《おい》しいっ！　すっごくフルーティ！」

「でしょ。ウィスプウェンズ名物、桃牛《ももぎゅう》だよ。桃で育つ牛だから、すっごく甘いんだよね」

リンファの説明に耳を傾けながら、エレンは桃牛の串焼きをぱくぱくと食べていく。

「で、ナオたちは上手《うま》くいってるの？」

リンファが問うと、ナオはもぐもぐと桃牛を頬張りながらピースをした。

「ナオは習得すごく早かったよね。試しに楽器への愛を対象にしてみたら、すぐできた」

マイアがそう言うと、ナオと笑い合う。

魔法を教えている内に距離が縮まったようだ。見れば他のメンバーもすっかり打ち解け、楽しそうに語り合っている。

「すごいじゃん。さすが楽器フェチ」

「エレンの言う通り、《狂愛域《ガルド・アスク》》はナオたちにあってるよ。これが使いこなせれば、魔力を増幅できるし、リンファの負担も減ると思うし」

そうナオが言う。

「楽器愛は本番じゃ使えないけどねー」

そう言いながら、彼女は桃牛の串焼きにぱくりと食いついた。

「え？」

と、エレンが疑問が覚える。

「えーと、発動できている人に合わせるなら、少し楽になるから、一番上手《うま》く使えるナオに合わせるのは大丈夫だよ？」

「あ、そういうんじゃなくて。赤星歌唱団は、リンファのグループだから」

当たり前のことのようにナオは言った。

「リンファが自由に歌って、ナオたちがリンファに合わせる。心を魔力に変換するなら尚更《なおさら》だよ。リンファの好きなようにできなきゃ、赤星歌唱団の意味がない」

ソナタとミレイが同意するようにうなずいている。

「でも、それ、ほんとはあたしが一番下手だからじゃん」

「まあ、そうだけどー」

「そうだけどとか言うな」

彼女たちは声を上げて笑った。

冗談を言い合う彼女たちの間には、確かな絆《きずな》が見て取れる。

この訓練中にわかったのは、リンファに最高の歌を歌わせることが、赤聖歌唱団の目的だということだ。それは彼女たちがリンファの才能をなによりも信じている証明でもある。だからこそ、当たり前のように献身的な振る舞いができるのだろう。

「で、リンファは《狂愛域《ガルド・アスク》》をどうしようと思ってるの？」

ナオが訊《き》く。

「うーん、今漠然と思いついたことがあるんだけど」

そう言いながら、リンファは辺りをキョロキョロと見回した。誰かを捜しているようだ。

「あれ？　イリヤは？」

「さっきまでいたはずだけど……？」

エレンが言う。

広場のどこを見ても、イリヤの姿はない。

「散歩でもしてるんじゃない？　すぐ戻ってくるでしょ」

いつものことなのだろう。そうナオが口にした。

「じゃ、イリヤが戻ってきたら話すから、それまでエレンの世界の歌を教えてよ」

「あ、いいね。それ！　一緒に歌おう！」

リンファの提案にナオたちが同意する。

「いいよ。じゃ、魔王賛美歌フルコースでいくからっ」

エレンが教える歌の数々を、さすがはウィスプウェンズの住人といったところか、あっという間に覚え、リンファたちは声を揃《そろ》えて歌っていく。

楽しく、和やかな一時である。愉快な音色と笑い声が、広場中に木霊《こだま》していた。

そして――

その歌が微《かす》かに届く路地裏に、イリヤはいた。リンファたちが談笑している間に、彼女はそっと席を離れたのだ。

視線の先にいるのは、蒼《あお》い服を着た男たちである。彼女たちの間には、ただならぬ空気が漂っていた。

「――どうでしょう？　蒼花歌唱隊に入る決心はつきましたか？」

男はそう言った。

蒼花歌唱隊は序列一位であるシータのグループだ。

「我らが歌姫の声に、あなたのバイオリンが加われば、人々は天上の音楽を聴くことになるでしょう」

「正気とは思えないお誘いですね、ベルンさん」

呆《あき》れたような顔で、イリヤはそう一蹴した。

「吟遊神選までもう日もありません。付け焼き刃の伴奏が、シータのプラスになるはずもないでしょう」

「あなたならばできるでしょう、イリヤ。吟遊宗主エルムをして、腕前だけならば、歴代最高のバイオリン奏者と言わしめたあなたならば」

冷めた目でイリヤはベルンを見据えた。

「いいのですか？　世界はまだイリヤ・パッセルという才能を知らないのですよ。吟遊詩人にすらなれない女のお遊びにつき合って、その才能を腐らせるおつもりでもありますまい。あなたにはもっと上へ行く資格がある」

拳を握り、ベルンが熱弁を振るう。

「そう。次期吟遊宗主たるシータに並び立つ資格が」

「わたしの答えは以前と同じです。お引き取りください」

ベルンは魔眼《め》を光らせる。

「……後悔することになりますよ？」

「カカカ、いやいや、それはそれは」

男は眉をひそめる。

暗闇から姿を現《あら》わしたのは熾死王だ。

「脅しているように聞こえてしまうな。近頃、オマエたち蒼花歌唱隊にはきな臭い噂《うわさ》もある。言葉には気をつけた方がいいのではないか？　ん？」

「何者だ？」

タン、と杖《つえ》をつき、奴《やつ》はニヤリと笑みを向けた。

「正義の味方に見えるかね？」

ちっ、とベルンは舌打ちをした。

「あなたのために言ったのですよ、イリヤさん。残念です」

そう言い残し、ベルンは去っていった。

§17.【一射目】

「——脱走された？　幻魔族が全員かい？」

オットルルーの説明を受け、ベラミーが驚いたように声を上げる。

パブロヘタラ宮殿。聖上大法廷。

ハイフォリアの聖王レブラハルド、バーディルーアの魔女ベラミー、ルツェンドフォルトの軍師レコルが席についている。

部屋の中央には、いつものように裁定神オットルルーが立っていた。

「脱走者はボボンガ、コーストリアのみです。昨日、パブロヘタラ宮殿の牢獄《ろうごく》が外から破られているのが見つかり、調べたところ発覚しました」

オットルルーは事務的に説明した。

「外からということは」

手を机に載せ、レブラハルドが言う。

「パブロヘタラに内通者がいると考えて、間違いないね？」

「牢獄《ろうごく》に立ち入りができるのは深層講堂の者のみ。その可能性は高いとオットルルーは判断します」

「そりゃ、また面倒なことになったねぇ」

ベラミーは背もたれによりかかり、手を頭の後ろにやった。

「犯人の目星はついているのかい？」

「現在、調査中です」

「奴《やつ》らを逃がし利益のある者は誰か？」

レコルが言った。

「まぁ、パブロヘタラがバタついて喜ぶのは魔弾世界だろうねぇ」

ベラミーがオットルルーに視線を向ける。

「どうせ今日も来ないんだろう？」

六学院法廷会議の議題は、魔弾世界エレネシアが保有する銀滅魔法について。大提督ジジ・ジェーンズの出席を促すため、期間を空けて再び開かれた。

パブロヘタラとしては強制的な調査を極力避けたいという思惑だったが、しかし定刻になっても大提督が姿を現《あら》わすことはなかった。

「魔弾世界エレネシアは本法廷会議を欠席するとのことです」

オットルルーが言う。

「なお、銀滅魔法の開発については否認するとの回答を承りました」

「やれやれ。面倒なことになったもんさ」

ベラミーがぼやく。

「魔弾世界の仕業にしろそうでないにしろ、今、優先すべきは銀滅魔法だ。内通者についてはオットルルーに任せたいと思うが、いいね？」

レブラハルドの言葉に、異論を唱える者はいない。

「承知しました。引き続き、オットルルーが調査を行います」

「しかし、ギーをこっちへ寄越さないのは、話し合うつもりはまったくないってことだろうしねぇ。今頃、魔弾世界はパブロヘタラを迎え撃つ準備でもしてるんじゃないかい？」

「備えはしているだろうね。大提督殿はそういうお人だ」

と、レブラハルドが同意した。

「どうするのさ？　これなら前回、適当な理由をつけてギーを拘束しといた方がよかったんじゃないかい？」

「問題あるまい」

俺がそう口にすると、三人が視線を向けてきた。

「こちらから出向き、ついでに銀滅魔法を封じてくればいいのだろう？　なにか言伝《ことづて》があれば、ついでに大提督に伝えておくぞ」

「こないだはああ言ったけどねぇ。ミリティア世界だけに行かせるわけにもいかないさ」

「バーディルーアやハイフォリアは魔弾世界では不利なのだろう？」

「まあねぇ。それにしたって、戦力があるに越したことはないよ。パブロヘタラが本気だってわかれば、大提督殿もこちらの要求に従わざるを得なくなるさ」

道理ではある。

しかし――

「的は増やさぬ方がよい」

ベラミーが表情に疑問をたたえる。

「つまり、卿《けい》の見立てでは、パブロヘタラが動けば、魔弾世界は銀滅魔法を撃ってくる、と？」

そうレコルが口を開く。

「撃たぬ保証はあるまい。パブロヘタラに所属する全小世界が狙われては、さすがに守るのは骨だ」

浅層世界はただの一発で滅びるという話だ。

どこが狙われるかわからぬ状況になれば、銀滅魔法を防ぐのは至難を極める。小世界から別の小世界へ移動するには時間がかかるからだ。

少なくとも深層大魔法を容易に止められる者を、複数箇所に配置しなければならぬ。

「それは、ミリティアだけならば問題ないという意味か？」

レブラハルドが問う。

「銀滅魔法の特徴は界間砲撃。つまり、超長射程の魔法砲撃だ。撃たれる場所さえわかっていれば、その脅威は限定できよう」

「正気とは思えないねぇ。早い話、自分の世界を囮《おとり》にするってことじゃないか」

ベラミーが言った。

「我が世界にとっても、いつ銀滅魔法が使われるかわからぬよりはよい」

一時的にミリティア世界の守りを手厚くすることはできる。だが、それを永久に持続するのは困難だ。

皚死王たちには銀滅魔法の対策を探らせているが、それがすんなりと見つかる保証もない。見つかったとして、すぐに使えるとも限らぬ。

いずれにせよ、こちらから仕掛けた方が与《くみ》しやすいだろう。

「ミリティア世界の独断専行とした方がやりやすいということで、構わないね？」

レブラハルドが問う。

「ああ」

「では本法廷会議では結論は出せなかった、ということにしようか。加えて、次回の法廷会議で、大提督殿に出席してもらうよう再度強く要求を行う」

「だったら、少しは圧力をかけた方がいいんじゃないかい？　平和的にさ」

ベラミーが言う。

「そうだね。法廷会議に出席し、銀滅魔法の説明を行わなければ、これまでパブロヘタラを経由して取得した火露《ほろ》の返還を要請しようか」

パブロヘタラは平和的解決を模索しているように見えるだろう。少なくとも、次回の法廷会議までの間は大きく動かぬはずだ、と大提督は考える。

その間に俺が魔弾世界エレネシアに乗り込む。銀滅魔法を探っていることを悟られようと、ミリティア世界の独断ならば、他の世界に照準が向く可能性はさほど高くはあるまい。

先のイーヴェゼイノ襲来にて、俺がパブロヘタラと足並みを揃《そろ》えていないというのも独断専行を印象づけるのに有利に働くだろう。

魔弾世界は俺の行動がパブロヘタラの決定か否《いな》かすぐには判別できまい。下手に他の世界を撃てば、本来は敵でなかった者を敵に回す可能性がある。

奴《やつ》らが正気ならば、まず初めはミリティア世界を撃つ。

それならば、やりようはあるというものだ。

「妥当なところだろうねぇ。元首アノスには借りができるが、それはおいおい返すさ。レコル。あんたもそれでいいかい？」

ベラミーが問うたその瞬間だ。

聖上大法廷に激しい鐘の音が響き渡った。

「緊急通信につき、休廷します」

オットルルーがそう口にすると、床に魔法陣が展開される。そこから溢《あふ》れ出《だ》した水が球体を象《かたど》り、映像を映し出した。

「これは………？」

ベラミーが息を呑《の》む。

水のスクリーンに映っているのは、どでかい穴が空いた小世界だ。

『パブロヘタラへ。絵画世界アプトミステ元首、ルーゼットだ。我が世界は、銀泡の外からの魔法砲撃を受けた。恐らくは例の銀滅魔法と思われる。その直後、正体不明の敵が侵入した』

映像が切り替わり、水銀の人形が映し出される。

「絡繰神」

と、レコルが呟《つぶや》く。

『敵は雲海迷宮《うんかいめいきゅう》を目指している。狙いはアプトミステの国宝、神画《しんが》モルナドだろう。絵画世界は半壊している。至急応援を求む。二射目が直撃すればもたない』

そこで界間通信が切断され、映像が途絶えた。

「緊急通信のため、三八秒前の情報となります。界間通信をつなげますか？」

オットルルーが事務的に質問する。

「いいや」

レブラハルドがすぐさま言った。

「あちらはそれどころではないだろう。聖上六学院の中ではハイフォリアが一番、絵画世界に近い。すぐに五聖爵を向かわせる」

レブラハルドは《思念通信《リークス》》を使う。船を経由して、界間通信を行うのだろう。

『レイ。聞こえるか？』

俺も《思念通信《リークス》》を使い、呼びかけた。ハイフォリアまではすでに魔王列車のレールが敷いてある。

それを用いれば、ここからの界間通信も可能だ。

『どうかしたかい？』

『絵画世界アプトミステが銀滅魔法を撃たれた。五聖爵を応援に向かわせるそうだ』

『わかった。僕も行くよ』

『アプトミステ元首からの映像を送っておく』

《思念通信《リークス》》で先程の映像をレイに送った。

「絵画世界は《銀界魔弾《ソネイド》》に撃たれたのかい？　魔弾世界の」

「《銀界魔弾《ソネイド》》の発覚以降、銀水聖海を警戒していましたが、魔弾世界と絵画世界の直線上に、魔法砲撃は確認できていません。魔弾世界エレネシアが撃ったとは断定できません」

ベラミーの質問に、オットルルーが答えた。

「……先手を打たれたのかもしれないねぇ。これじゃ、浅層世界を守らないわけにはいかないじゃないか」

苦々しい表情でベラミーが言う。

撃ったのはほぼ間違いなく魔弾世界エレネシアだ。

だが、証拠がなにもなくてはパブロヘタラもエレネシアを断罪する名分に欠ける。

なにより、他の世界は銀滅魔法の脅威から守ってもらうようにパブロヘタラへ要請するだろう。聖上六学院を始め、深層世界などは浅層世界を守るように銀滅魔法に備えなければならない。その分だけ、戦力を割かれることになるだろう。

「なに、やることは変わらぬ」

俺は言った。

「お前たちは絵画世界の手助けと、《銀界魔弾《ゾネイド》》の二射目に備えるがよい。俺は今から魔弾世界へ乗り込み、術者を叩《たた》く」

「上手《うま》くいくといいんだがねぇ。ここまで大胆に撃ってくるってことは術者が見つかっても構わないのか、それとも見つからない自信があるんだろうさ」

ベラミーが苦虫を嚙《か》みつぶしたような顔で言う。

「後者については一つ、案がある」

そう口にしたのはレコルだ。

彼は魔法陣を描き、そこから取り出したのは赤い印鑑だ。通常のものよりも、少し大きい。

「傀儡皇ベズの権能、呪々印章《じゅじゅいんしょう》ガベェガ。押印《おういん》された操り人形が破壊されれば、そのダメージを強制的に術者へ返す」

傀儡《かいらい》世界は、その秩序からして操り人形が使われることが多いのだろう。それゆえ、主神たる傀儡皇は対抗策を持っているわけか。

「絵画世界に現れた絡繰神を操っているのが大提督ジジ・ジェーンズなら、これで判別できる」

「絡繰神が隠者エルミデを名乗るなら、その正体も見分けられる、か」

「そうだ。だが、絡繰神を破壊したときに、術者を見ていなければ意味がない」

絵画世界アプトミステにいる絡繰神に、レコルが呪々印章ガベェガを使い、破壊する。そのタイミングで、俺は魔弾世界にいる大提督ジジ・ジェーンズを魔眼《め》で捉えていなければならぬ。

「大提督の基地は難攻不落の要塞だ。不可侵領海とて、魔弾世界にある要塞を攻めようとはしないだろう」

含みを持たせ、レコルが言う。

俺は笑った。

「城とは落ちるものだ。どれほどの武装を備え、頑丈に作ろうともな」

§18．【第六エレネシア】

銀水聖海。

《掌握魔手《レイオン》》にて銀灯のレールを延ばしながら、俺は飛んでいた。随行しているのは、ミーシャとサーシャ、冥王イージェスだ。目的地は無論、魔弾世界エレネシアである。

「見えてきた」

ミーシャが言う。

まだかなりの距離があるが、彼女の神眼《め》には銀泡が映ったのだろう。

「あれが、魔弾世界……？」

「ああ、第六エレネシアだ」

「え……？」

サーシャが疑問の表情で振り向いた。

「本国の方じゃないの？」

「オットルルーの話では、第一エレネシアは他世界の船の渡航を禁じているそうでな。直接降りようとすれば、その時点で砲撃を受ける」

「第六エレネシアから出てる第一エレネシア行きの船に乗る？」

ミーシャが言う。

「そうだ」

「アノスのことだから、力尽くで降りるものだと思ってたけど……？」

「目的は《銀界魔弾《ソネイド》》を封じることだ。砲撃はともかく、それを隠されては骨が折れる」

俺に続き、冥王が口を開く。

「問題はどのような魔法術式なのか、術者が誰なのかすらわかっていないということよ。ならば、第一エレネシアに降りるのが正解とも限らぬであろう」

イージェスの言う通り、大提督を討ったとしても《銀界魔弾《ソネイド》》は発射される可能性がある。

第一エレネシアから撃たれている確証もない。

「でも、魔弾世界が所有している銀泡をぜんぶ調べる時間なんてないでしょ？　いつ次の《銀《ソ》界魔弾《ネイド》》が撃たれるかもわからないんだし」

サーシャがそう言葉を返す。

「だからこそ、そなたたちの出番ということよ」

「……母に《銀界魔弾《ソネイド》》のことを訊《き》く？」

ミーシャが問う。

「そんなの、すんなり教えてくれるのかしら？」

考え込むようにサーシャが言った。

そもそも訊《き》いて答えられるような状況であれば、すでに彼女らに報《しら》せが届いていてもおかしくない。

「いずれにせよ、それが一番の手がかりだ。まずは創造神エレネシアの居場所を突き止める。それまではあまり派手に動かぬ方がよい」

「最悪、ミリティア世界に撃たれるものね」

サーシャは唇を引き結ぶ。

「シンたちを戻らせた。デルゾゲードにも状況は報《しら》せてある。絵画世界に撃った《銀界魔弾《ソネイド》》ならば、ある程度は持ちこたえられよう」

すると、冥王が表情を険しくする。

「気がかりは、あれがどのぐらいの力を使って撃ったのかということよ」

「そうよね。狙いが神画モルナドなら、それが壊れないように撃ったんだろうし……」

ミーシャが新しく創造したミリティア世界は頑丈だ。多少の被害ならば、創造神の権能にて再生することも容易《たやす》い。

だが、さすがに滅びてしまえば創り直すというわけにもいかぬ。

「神画モルナドはどうして狙われている？」

ミーシャが俺に訊《き》いてくる。

「モルナドは根源を絵の具にした絵画だそうだ。描かれているのは広大なる世界。一度入れば二度とは出られぬその絵の中の世界に、数千万という人々が暮らしている」

オットルルーに確認したことだ。

「絵の中の世界が欲しいのか、モルナドが保有する莫大《ばくだい》な魔力が欲しいのか。今のところはわからぬ」

あるいは《銀界魔弾《ゾネイド》》になにか関係があるのか。神画モルナドを狙っていることが、その魔法術式を知る手がかりになるのやもしれぬ。

「まあ、絵画世界のことはレイたちに任せればよい。ついたぞ」

間近に迫った銀泡の中へ《掌握魔手《レイオン》》を使い、入っていく。

すぐさま辺りが暗くなる。黒穹だ。そこを降下していると、しばらくして地上からの光が俺たちを照らした。

その直後、《思念通信《リークス》》が響く。

『こちらは第六エレネシア軍です。入界管理を行っております。誘導に従い、船を基地飛行場へ下ろしてください』

「わかった」

そう《思念通信《リークス》》を返す。

俺たちは誘導の光に向かって、ゆっくりとそこへ降り立った。

広大な石造りの飛行場である。エレネシアの戦艦がいくつか停泊しているのが見えた。

「《変幻自在《カエラル》》」

魔法の粉を振りまき、俺は自らの姿を変化させた。しばらくして出迎えにやってきたのは、軍服を纏《まと》った老兵だ。彼は俺を見るなり、目を見開いた。

「こ、これは……ギー隊長……!?」

老兵は姿勢を正し、直立不動となる。《変幻自在《カエラル》》にて幻影を見せ、俺をギーと錯覚させているのだ。

「いかがなさいましたか？」

「所用がある。他言無用にしろ」

「りょ、了解であります」

「この者たちはエレネシアが初めてだ。説明と案内を頼む」

ミーシャたちを指し示す。

一瞬、老兵は怪訝《けげん》そうに三人を見た。しかし、上官の命令に口を挟むことはなく、すぐさま姿勢を正した。

「第六エレネシア軍、ボイジャー・アロットであります。どうぞ、こちらへ。四〇秒後に強い雨が降ります」

ボイジャーが足早に先導する。

後ろに続きながら、ミーシャが訊《き》いた。

「どうして雨が降るとわかる？」

「魔弾世界エレネシアは、規律正しき世界であります。雨が降る時刻、その雨量から範囲まで、すでに決まっております。その他にも風や、地震、雷、津波などありとあらゆる自然が規律に則《のっと》り、実行されます。それがこの世界の秩序なのです」

軍人らしく実直な口調でボイジャーは説明した。彼女らが屋根のあるところまで移動すると、ぽつりぽつり、雨が降り出す。瞬《また》く間《ま》にそれは豪雨となった。

ぴったり四〇秒だ。

サーシャが感心したように雨雲を見上げていた。

「どちらへご案内いたしましょう？」

「第一エレネシア行きの船があると聞いた」

イージェスが言う。

「定期便が出ております。本日夜に出航しますが、お乗りになりますか？」

と、言いながら、ボイジャーは《魔力時計《テル》》にて時刻を確認していた。

「頼もう」

「承知しました。後ほど、第一エレネシアに受け入れの確認をとります」

第一エレネシアに確認をとられれば、偽者《にせもの》のギーだとバレるやもしれぬな。その辺りは上手《うま》くやらねばなるまい。

「こちらは基地の待合所となります。飛行場は軍のみが所有しているため、出航の際はどなたもこちらで待機します」

待合所には多くの人が詰めかけている。

だが、違和感がある。民間人らしき者も、軍人らしき者も皆そこにいるのは年老いた者ばかりなのだ。

「今日は長老たちの集まりなのかしら？」

不思議そうにサーシャが訊《き》いた。

「いえ。第六エレネシアには老人しかおりません」

「え……？」

ボイジャーは一瞬《魔力時計《テル》》を確認して、すぐにそれを消した。

先程から、妙に時間を気にしているな。規律正しく雨が降る世界とはいえ、少々頻度が多いように感じる。

「老人しかいないって、どういうことよ？」

「魔弾世界では、そういう規則になっております」

「……老人だけ集めるのが？　そんなことして、なにか意味があるの？」

「はて。意味を考えたことなどありませんが、規則は守らなければならないものですので」

怪訝《けげん》そうにサーシャは首を捻《ひね》る。意味もなく規則を守るという価値観が理解できなかったのだろう。

「なにかおかしいですかな？」

「……えっと、だって、それじゃ家族と暮らしたい人はどうするの……？」

一瞬、ボイジャーは暗い目をした。

悲しみというより、それは殺気に近い。しかし、その暗い感情はすぐに消え去り、彼は職務を全うするように言った。

「規則を守ることよりも、家族と暮らすことを優先したい者などいないでしょう。我々は魔軍《まぐん》族《ぞく》ですから。もっとも、中には――」

瞬間、けたたましい爆音がボイジャーの言葉をかき消した。

第六エレネシア軍の基地が激しく揺さぶられ、待合所が騒然とする。軍人たちは速やかに応戦態勢を取り、民間人の誘導を始める。

どうやら、基地が魔法砲撃を受けているようだ。

「敵襲か？」

「レジスタンスの連中です。すぐに鎮圧されます。どうぞ、こちらへ」

ボイジャーの後についていき、俺たちは基地の奥へと移動する。

「ここならば安全でしょう。しばしお待ちください。ギー隊長、少々よろしいでしょうか？」

「ああ」

ミーシャにここで待っているようにと目配せをし、俺は室内を後にする。ボイジャーについていき、しばらく基地を歩いた。

しかし、なかなか目的地につかぬ。

「どこまで行く気だ？」

「……もう少し先です」

窓際《まどぎわ》までやってきて、ボイジャーは立ち止まる。

「あちらをご覧いただけますか？」

ボイジャーが窓の向こうを指す。

俺は数歩前へ出て、その方向へ視線を向けた。レジスタンスたちの襲撃とは反対側だ。

「なるほど」

魔眼《め》を凝らしてみれば、外に隠れ潜んでいる老兵たちの姿があった。レジスタンスだろう。

「正面からの攻撃は陽動。こちらが本命か」

瞬間、ボイジャーが背後で魔法陣を描く。そして、俺の後頭部をめがけて魔法砲撃を撃ち放つ。

激しい爆発音が鳴り響き、窓が壁ごと吹っ飛んだ。

「……な…………!?」

ボイジャーが驚きをあらわにする。

俺が無傷だからではない。今の魔法砲撃で、《変幻自在《カエラル》》が解けたからだ。

「ふむ。その驚きよう、俺の正体に気がついての攻撃ではなかったようだな」

瞬間、ボイジャーが魔法陣を描く。その腕を俺はぐっとつかんだ。だが構わず、奴《やつ》はそのまま魔法砲撃を放つ。

顔面で派手に爆発したが、しかし大した痛痒《つうよう》はない。

「そう焦《あせ》るな。俺が敵とは限らぬぞ」

「……なんだと？」

《変幻自在《カエラル》》に気がついていなかったにもかかわらず、俺を不意打ちで攻撃した。つまり、ボイジャーはギーを狙った。深淵《しんえん》総軍の一番隊隊長である彼が邪魔だったのだ。

先程、時刻をしきりに確認していたのも、仲間たちが攻撃を仕掛けてくるタイミングを計っていたのだろう。

「お前はレジスタンスだな。戦う理由によっては、手を貸してやってもよいぞ」

§19. 【レジスタンス】

ボイジャーは俺を警戒するように身構えている。鋭い視線を放つその瞳の奥には、僅かながら困惑の色が見てとれた。

深淵《しんえん》総軍の隊長だと思っていた相手が、見知らぬ別人だったのだ。事態をはかりかねているのだろう。

「…………お前も、スパイだな？　何者だ？」

努めて慎重に奴《やつ》は問うてくる。

「魔王学院のアノス・ヴォルディゴードだ」

そう名乗ると、ボイジャーは俺の制服につけられた二つの校章に視線を向けてきた。それが本物なのかどうか吟味するように魔眼《めん》を光らせながら、奴《やつ》は更に問いを重ねた。

「転生世界ミリティアの元首が、なんの目的で魔弾世界の基地に潜入した？」

魔弾世界はパブロヘタラの学院同盟だ。聖上六学院に入ったミリティア世界、そしてその元首と見なされている俺の名は第六エレネシアでも知れ渡っているようだな。

「大提督ジジ・ジェーンズは銀滅魔法《銀界魔弾《ソネイド》》を隠している。それを突き止めに来た」

ボイジャーは表情を険しくする。そこに滲《にじ》んでいるのは先程とは違い、俺に対する警戒心だけではない。大提督ならばやりかねない、そんな顔に思えた。

「こちらも聞こう。お前たちはなぜ自らの元首に弓を引く？」

奴《やつ》はじっと俺を見返す。

こちらの真意をはかりつつ、この場から逃れる手段を考えているのだろう。ボイジャーの立場からすれば、俺が味方という保証はどこにもない。

「私たちの元首ではない」

時間を稼いだ方がいいと判断したか、それとも多少は話を聞いてみる気になったか、ボイジャーは俺の問いに答えた。

「この銀泡は、元は古書世界《こしょせかい》ゼオルム。一万と五千年前、魔弾世界に主神と元首を滅ぼされ、占領された」

主神を失えば、その銀泡は秩序を維持し続けることができぬ。大提督によって魔弾世界の秩序に上書きされ、第六エレネシアとなったか。

「我らレジスタンス・ゼオルムは、その生き残り。かつてこの世界で暮らしていた文人族《ぶんじんぞく》だ」

レジスタンス・ゼオルムか。オットルルーからの情報にはなかった。パブロヘタラも、各世界の内情すべてを探ることはできぬだろうしな。

「古書世界を取り戻すために戦っているのか？」

ボイジャーは重苦しい顔つきのまま、静かに首を横に振った。

「古書世界を取り戻すことは最早《もはや》できない。我らが主神、聖書神《せいしょしん》様は滅び去り、文字と古書が力を持つ秩序は失われた。たとえエレネシアの主神、神魔射手《じんましゃしゅ》オードゥスを滅ぼしたところで、この世界が元に戻ることはない」

ボイジャーは僅かに視線を伏せる。

「それに、神魔射手オードゥスを滅ぼせば、別の銀泡にいる我々の子孫が困ることになるだろう」

「どういうことだ?」

「この銀泡が第六エレネシアになった以上、我ら文人族が子を生《な》そうとも、生まれるのは魔弾世界の秩序を宿した魔軍族のみなのだ」

新たに生まれる子は、その小世界の秩序の恩恵を受ける。つまり、血よりも秩序が濃いというわけか。

恐らく文人族の特性も多少は受け継がれるだろうが、第六エレネシアの秩序ではそれを思うようには発揮できぬ。

結果、純血の文人族から魔軍族が生まれる。そうして、世代を経るごとに文人族の特性はみるみる失われていき、やがては完全に消えるのだろう。

「我らの子は、我らの誇りであった古書を読むことができん。わかるか、ミリティアの元首よ。銀泡を奪われるというのは、そこで生きていた種の尊厳を奪われるということなのだ」

己が世界の主神を滅ぼした魔軍族は憎いだろう。だが、銀泡を奪われてしまえば、生まれる子は皆その魔軍族なのだ。

いかに魔軍族憎しといえども、自らの子孫にまで害をなすことはできぬ。そうかといって、その子孫たちも、文人族として生きることはできぬだろう。文人族としての力がなくば、歪《いびつ》なアイデンティティを抱えることになる。

秩序に逆らえる、不適合者でもなければな。いつしか奪われた世界の住人は死に絶え、奪った世界の住人だけとなる。

「おぞましい話だ」

すると、ボイジャーは意外そうな表情を浮かべた。

しかし、すぐに厳しい面持ちで言った。

「それがパブロへタラのしてきたことだ。深き世界の住人は浅き世界の住人から、なにを奪っても構わない。銀水序列戦のルールに則《のっと》れば、一つの世界を滅ぼすことさえ正当化される」

やりすぎれば聖上六学院からの風当たりは強くなるだろうが、逆に言えばその程度で銀泡が奪えてしまうということでもある。

「我らはすでに敗北している。最早《もはや》、先などないのだ」

それでも、譲れぬものがあるのだと奴《やつ》の瞳が物語る。

「では、お前はなんのために戦っている？」

「私の魂のためだ」

ボイジャーはそう主張した。銀泡を奪われた自分に、それが唯一残されたものだと言わんばかりに。

「古書世界の象徴、史聖文書《しせいもんじょ》ポポロ。我らが主様が愛されたあの書物だけは、大提督から取り返さなければならない」

主神と元首が敗れた。

秩序は書き換えられ、新たな戦力が増えることもない。

結果は火を見るよりも明らかだろう。

「お前たちは滅ぶ。大提督のもとに辿《たど》り着《つ》くことすらできぬだろう」

「我らはすでに敗北していると言っただろう」

覚悟を決めた顔で、老兵は言った。

「それでも、まだ負け方を選ぶことはできる」

第六エレネシアで魔軍族として生きるぐらいならば、文人族として亡《な》き主のために戦って死ぬ。それが、ボイジャーたちの望みだ。

「必ず主様の墓に、史聖文書を届ける」

それができたとしても、守り通すことはできまい。ボイジャー自身、それは承知しているはずだ。恐らく、ボイジャーは史聖文書を焼くつもりなのだろう。その後、文人族が皆殺しにされようとも。

「《銀界魔弾《ソネイド》》を暴《あば》くついでだ。手を貸そう」

ボイジャーの腕から手を放す。

未《いま》だ警戒している奴《やつ》に、俺は言った。

「もう少しマシな負け方を選ばせてやる」

すると、老兵は怪訝《けげん》そうに俺を睨《にら》んできた。

「……ミリティアの元首になんの得がある？」

「損得の話ではあるまい」

俺がそう口にした次の瞬間、けたたましい爆発が巻き起こった。窓の外からだ。陽動に気がついた第六エレネシア軍の兵士が、隠れ潜んでいたレジスタンスに魔法砲撃を放ったのだ。

「構え」

一列に並んだ兵士が、魔法陣を描く。それは大砲を象《かたど》った。

「《魔弾青砲《ゼドム》》ッ！　てーっ‼」

魔法陣の大砲から、一斉に青き弾丸が発射される。レジスタンスが張り巡らせた反魔法を次々と貫通し、派手に爆発音を響かせる。

「守勢に回ってはやられるのみだ。応射しろぉっ！」

姿を現《あら》わしたレジスタンスは書物を開く。

「「《雷光文字弾《ブリジア》》ッ‼」」

魔法書から雷の弾丸が出現し、それが第六エレネシア軍に向かって発射される。しかし、基地に展開された結界がそれを難なく防ぎ、兵士たちの陣形すら崩すことができない。

レジスタンスたちは文人族。魔弾世界の秩序に上書きされたこの地では、その真価を発揮できぬのだろう。魔弾の撃ち合いは明らかに第六エレネシア軍が優勢で、彼らはあっという間に防戦一方となった。

数十秒間、魔弾の斉射に曝《さら》され、その反魔法がガラスのように砕け散る。

「《魔弾爆裂青砲《ガルラ・ゼドム》》、構え」

とどめをさすべく、ひときわ大きな魔法陣の大砲がレジスタンスに照準を向けた。溢《あふ》れ出《だ》した青き粒子が砲口に集中して弾丸と化す。それはゆっくりと回転を始める。

「てーっ!!」

唸《うな》るような音とともに二〇発もの《魔弾爆裂青砲《ガルラ・ゼドム》》が、守りをなくした文人族の兵士に襲いかかった。

目映《まばゆ》い閃光《せんこう》がその場を貫き、彼らは死を覚悟したように息を呑《の》む。

しかし――《魔弾爆裂青砲《ガルラ・ゼドム》》は爆発しなかった。

「なんだ……? あれは……?」

レジスタンスの前に立つ俺を見て、第六エレネシア軍の兵が声を上げる。

アヴォス・ディルヘヴィアの仮面をつけ、《掌握魔手《レイオン》》にて奴《やつ》らが放った二〇発の《魔弾爆裂青砲《ガルラ・ゼドム》》を俺は握りしめていた。

その魔弾をゆるりと投げ返す。

「け、結界を全開にしろぉぉっ!!」

指揮をとる兵士が叫ぶ中、《掌握魔手《レイオン》》にて増幅された二〇発の《魔弾爆裂青砲《ガルラ・ゼドム》》が結界に直撃し、青き爆発をもたらした。

耳を劈《つんざ》くけたたましい音を立てながら、結界は弾《はじ》け飛び、基地の防壁が半壊する。

それでもまだ兵たちは健在だ。

「……なんだあの化け物はっ!? レジスタンスの兵かっ! 情報にないぞっ!」

「いや。待て。あれは……確か第七エレネシアからの報告によれば……まさか……!?」

蒼白《あおじろ》き《森羅万掌《イ・グネアス》》の右手を天に伸ばす。

それをゆるりと振り下ろした瞬間、第六エレネシア基地を影が覆う。反射的に兵士たちが空を見上げ、表情を驚きに染めた。

降りてきたのは、樹海船《じゅかいせん》アイオネイリアだ。

「……に、二律僭主《にりつせんしゅ》だ……!?」

「待避だ!! 全員、待避――――――っ!!」

慌てて、兵士たちが基地の中に入っていく。

直後、樹海船がその上に載った。屋根に亀裂が入り、数多《あまた》の柱にヒビが走る。ガラガラと音を立てては防壁という防壁が崩れ落ち、その質量と勢いに耐えかね、ぐしゃりと砕けた。第六エレネシア基地が押し潰された。

§20. 【捜し物】

第六エレネシア基地が半壊していく。

俺は高く飛び上がり、基地を押し潰す樹海船アイオネイリアの上に着地した。二律《にりつ》剣の魔力を使い、大地を踏み締める。

うにょうにょと樹海の木々が枝を伸ばし、半壊している基地の隙間という隙間へ侵入を始めた。魔軍族の魔力を感知し、基地の区画を枝で覆い、隔離する。この基地の戦力では、もはや抵抗はできまい。

「さて」

一本の樹《き》を操り、枝に乗せたボイジャーを目の前に移動させる。

驚愕《きょうがく》の表情とともに彼は、こちらへ視線を向けた。

仮面を僅かにズラし、俺は言う。

「これで俺が敵ではないと証明できたはずだ」

「……そうか……」

呆然《ぼうぜん》と俺を見ながらも、腑《ふ》に落ちたというようにボイジャーは呟《つぶや》く。

「転生世界ミリティアの元首は、二律僭主《にりつせんしゅ》だったか。どうりで、災人イザークと渡り合えるわけだ……」

実際には違うが、ここですべてを説明する必要もあるまい。むしろ、そう思ってもらっていた方が好都合だ。

「他の誰も俺の正体は知らぬ」

「…………確かに知られれば、ミリティアの元首はその立場を追われることになるだろうな……」

二律僭主《にりつせんしゅ》はパブロヘタラと敵対している。

ミリティアの元首としてより、ボイジャーも話に応じやすいだろう。奴《やつ》からすれば、俺の弱味を握っていれば、裏切られる心配がなくなるというものだ。

「あなたがエレネシアに目をつけたということは、大提督ジジを討つつもりか？」

「まだわからぬ。あちらにも言い分があるだろう」

　俺の真意を探るように、ボイジャーはじっとこちらを見つめた。

「他者の手は借りぬというのならば、無理強いはせぬ。利ではなく、義の戦いだ。己の手で成せるならばその方がよい」

　ボイジャーは奥歯をぐっと嚙《か》みしめる。

「……お察しの通り、我々には力が足りない……総力をあげても、この基地を落とせるかどうかというところだった……」

　恐らく、成功率は三割ほど。

　それでも、やらぬわけにはいくまい。彼らにとって、ただ生きながらえることに意味などないのだ。

「亡《な》き主のため、我々の魂のため、この戦はどんな手を使ってでも勝たなければならない。願ってもない申し出だ。二律僭主《にりつせんしゅ》。あなたの力を貸してくれ」

「ああ。ところで――」

　言いながら、俺はズラした仮面を再びつけた。

「この基地から奪った船で第一エレネシアへ向かうつもりだったのか？」

「いいえ。第一エレネシアへ向かう船は、正規の便でなければ深淵《しんえん》総軍に撃墜されてしまう。私たちは中央飛行場に潜入し、第一エレネシア行きの船に潜入するつもりだ」

　さすがにそこまで無謀ではないか。

「では、なぜこの基地を襲撃した？」

「……我々には戦力が足りない。よって、協力者の存在が不可欠だ。我々にこの基地を制圧するぐらいの力が残っているのならば、話に乗ってやってもいいという者がいたのだ」

ふむ。ずいぶんと足下を見られている。その協力者とやらは、ボイジャーたちよりもかなり格上なのだろうな。

「魔弾世界の者ではないな」

「ええ。事情があり、合流できない可能性もあったが――」

ボイジャーが言いかけたそのとき、アイオネイリアの樹海に黒き線が走った。勢いよく木々を抜けて、空に舞い上がったのは日傘を手にした少女である。

「むかつく」

苛立《いらだ》った声音も、殺気だった気配も、よく知っている。なかなかどうして、確かにレジスタンスが得られる戦力としては申し分ない。

「ボイジャー。なんで二律僭主《にりつせんしゅ》のこと隠してたの？」

アーツェノンの滅びの獅子《しし》、コーストリアがそこにいた。

剝《む》き出《だ》しの殺気に、ボイジャーは怯《ひる》む。彼女は今にも襲いかからんばかりに、膨大な魔力で威嚇している。

「隠していたわけでは……」

「言い訳は聞きたくない」

コーストリアは一瞬で日傘を閉じ、ボイジャーの顔面めがけて投擲《とうてき》する。

「死んじゃえ」

「相変わらず元気がよい」

日傘の先端がボイジャーの鼻先に迫ったところで、ぴたりと止まる。俺がわしづかみにしたのだ。

「奇遇だな、コーツェ」

「名前っ！　まだ変わってないっ‼」

大地に降り立ったコーストリアが、怒りをあらわにして詰め寄ってくる。

「ほう。まだ俺が考えると期待していたのか？」

「してないしっ！」

「くはは。仕方のない。今考えよう。そうだな……」

「考えるなっ！」

と、蹴りを繰り出してくるので、俺はそれを軽く受け止めた。その余波で樹海船の樹木が二つ弾《はじ》け飛んだ。

ボイジャーは脂汗を垂らしながら、ごくりと唾を飲み込む。俺とコーストリアが出会うなり戦闘を始めたと思っているのだろう。

「そう心配するな、ボイジャー。こいつとはコーツェ、僭主《せんしゅ》と呼び合う仲でな」

「一回も呼んでないっ！　仲良しみたいに言わないでっ」

魔力の粒子がコーストリアの全身から立ち上る。

びくっとボイジャーは身構えた。

「なに、じゃれているだけだ。獣というのは、力加減を知らぬものでな」

そう口にしながら、俺はコーストリアの足を持ち上げ、暴れる彼女を宙に浮かせる。

「ちょっとっ、どっちがっ⁉」

「なにをしにきた、コーツェ。お前が文人族に味方するのは、彼らの心意気を買ってということはあるまい」

「先に放して。あと日傘返して」

義眼にて、コーストリアは俺をきつく睨《にら》む。

「パブロヘタラを脱走するなり駆けつけたのだ。お前はそれほど義理堅くもあるまい」

「ただの気まぐれ」

「気まぐれで手を貸せるほど、彼らの魂は安くはないぞ」

「魂の値段なんか知らないし。日傘返して」

俺が日傘を差し出せば、彼女はそれを受け取った。

「足は？」

「支障あるまい。また暴れられては話が進まぬ」

不服そうにコーストリアは睨《にら》んでくるが、暴れれば今度は振り回されると思っているのか、大人しくしている。

「それで？」

「私の目的は、魔弾世界の元首に継承される魔法具《塡魔弾倉《てんまだんそう》》」

初耳だな。

「手に入れてどうする？」

「《塡魔弾倉》は、欠けた力を完全に補うことができる力を持つ。神魔射手オードゥスの権能とも、その一部から作られているとも言われてる」

「話が見えぬ」

「……これ以上は言いたくない」

「では帰れ」

「帰る場所なんてない」

「パブロヘタラに捕らえられたお前をナーガは助けに来たのだろう?」

「それは……」

コーストリアは黙り込む。

「そうだけど、そういうことじゃないし」

オットルルーの読みでは、ボボンガとコーストリアの脱走には、パブロヘタラ内部の者が関わっている。口の軽いコーストリアならばナーガ以外の者が助けにきたと口にするかとも思ったが、言わぬか。

まあいい。そちらはオットルルーが調査中だ。

「では帰りたくもないイーヴェゼイノへ帰る羽目になりたいか?」

事情を話さねば、力尽くで帰すと示唆してやる。

すると、コーストリアはそっぽを向き、ばつが悪そうに言った。

「……だから、私は不完全なの。獅子《しし》の母の胎内から、《渇望《かつぼう》の災淵《さいえん》》に戻って、体を取り戻さない限り」

母さんに俺がついている以上、それは不可能だ。

だからこそ、か。

「《填魔弾倉》があれば、取り戻せずとも補うことができるというわけか」

コーストリアは小さくうなずく。

「獅子《しし》の母は諦めたか」

「ナーガ姉様とボボンガはそうね。災人にやる気がないなら、ミリティアの元首をどうにかするのは無理だって」

吐き捨てるようにコーストリアが言う。

「災人はほんとわがまま。全然、イーヴェゼイノのために働かない」

「お前が言う台詞《せりふ》ではないな」

「私は嫌なことも渋々やってる」

自慢するように彼女は言った。

「《填魔弾倉》のこともそうか？」

コーストリアは俯《うつむ》き、黙り込んだ。

「……私は完全体にはなりたくない……」

コーストリアの渇望《かつぼう》は、妬みや嫉《そね》み、羨望《せんぼう》だ。それは劣等感からくるものだろう。単純に言えば、自分が嫌いだということだ。完全体になりたくないというのはうなずける。

俺に義眼を握り潰され、怒ったのもそれが理由だ。

自分が嫌いだからこそ、自分ではない体の一部である義眼を大切にしていたのだろうな。

それにならば羨望《せんぼう》を感じることができる。

「でも、《塡魔弾倉》なら、私は私にならないまま、完全体の力だけ取り戻せる」

自分の体は求めぬが、力だけは欲しいか。

歪《ゆが》んでいる女だな。

「つまり、この件はお前の独断か」

「そう」

確かにナーガならば、魔弾世界に手を出すような真似《まね》はせぬか。妹を放っておく性格でもない。誰にも告げず、一人で出てきたのだろう。

「力を取り戻してどうする？」

「むかつく奴《やつ》を殺せるでしょ。ミリティアの元首とか」

「それだけか？」

「他になにがあるの？」

「ないならよい」

足を持ち上げられたまま、宙でコーストリアは黙り込む。

「……少しは……」

ぼそっと彼女は呟《つぶや》く。

「……少しは変わるのかなって思っただけ……」

俯《うつむ》きながら、目もあわせずに、小さな声でコーストリアは言った。

「姉様もボボンガも、完全体になりたいのがアーツェノンの滅びの獅子《しし》として自然なことって思ってる。それに逆らってやったら、つまんない気持ちがなくなるのかなって。ざまあみろより、もっと上の気持ちが手に入るのかなって」

「手にした力に比して、小さな悩みだ」

ムッとした表情で、コーストリアは声を上げる。

「馬鹿にしないでっ」

「過ぎた力だと言っているのだ。お前の力が人並みほどしかなくば、己を探すのにこれほどの大事にせずともよかっただろう」

「意味がわかんない」

「だろうな」

ゆっくりと俺はコーストリアを地面に下ろしてやる。手を放してやれば、彼女は自由になった足を大地につけた。

彼女は自らが大切にしている義眼で、まっすぐ俺の顔を見た。

「で？」

いいの、だめなの、と訊《き》くように彼女は問う。

「《銀界魔弾《ソネイド》》捜しにつき合え。代わりに、お前の自分探しにつき合ってやる」

§21. 【雲海迷宮】

絵画世界アプトミステ。雲海迷宮《うんかいめいきゅう》。

銀水船ネフェウスは雲の中を突き進んでいた。雲海迷宮は名の如《ごと》く、進行方向にひたすら雲が広がっている。そこは方向感覚を狂わせる迷宮である。

まっすぐ進んでいたはずが、いつの間にか進路が変わり、入り口へと戻っている。それならばまだいい方だ。運が悪ければ、雲海迷宮の奥深くへ迷い込み、永遠に出られなくなることもあるという。

絵画世界の住人とて、この雲海の中で正確に進路を取ることは難しい。

バルツァロンドの銀水船も、絵画世界の元首ルーゼットから《方位絵画《ほういかいが》》をもらわなければたちまち迷っていただろう。

《方位絵画》に描かれた正しい方位が光の矢印となって具現化している。銀水船ネフェウスはそれに従い飛んでいるのだ。

「あとどのぐらいかな？」

銀水船の船首にて、目の前を見据えながら、レイが問う。

「数分ほどだろう」

そうバルツァロンドが答えた。

神画《しんが》モルナドが置かれた場所までの所要時間だ。

「先に辿《たど》り着《つ》けると思うかい？」

「元首ルーゼット、画神《がしん》バファディが雲海迷宮に永遠回廊を構築している。どこまでも永遠に続く円環の回廊だ。《方位絵画》を持たない者が雲海迷宮の祭壇に辿《たど》り着《つ》くのは、通常ならば不可能だ」

通常ならば、という言葉にバルツァロンドは含みを持たせた。

「つまり、その永遠回廊すら超えてくるってことかい？」

バルツァロンドがうなずく。

「恐らくは。そもそも、なんの手立ても持たないなら、わざわざ雲海迷宮に入るなど考えられはしない」

「絵画世界の元首と主神の力が、時間稼ぎにもならないってことはないと思うけどね」

自らの世界において、主神と元首はその力を最大に発揮する。永遠回廊の力も並大抵のものではあるまい。

「無論だ。だが、現れた絡繰神がイーヴェゼイノで元首アノスが戦った奴《やつ》だとするのならば、条件は五分五分と見た方がいいだろう」

絡繰神ならば雲海迷宮を吹き飛ばすこともできるやもしれぬ。だが、それでは目的の神画モルナドまで破壊しかねない。

目的の物を手に入れるまでは、奴《やつ》はこの世界で全力を出すわけにはいかぬはずだ。

「なんとしてでも、先に押さえなければならない。神画モルナドを手に入れたならば、奴《やつ》はこの絵画世界を残しておく理由がない」

神画モルナドを破壊する恐れがなくなれば、奴《やつ》は《銀界魔弾《ゾネイド》》を手加減なしでいつでも撃てる。救援にやってきたレイたちを一網打尽にするにはもってこいだ。

それを防ぐため、銀水船ネフェウスは全速力で雲海迷宮を飛び抜けていく。雲をいくつも通り抜け、やがて視界が一気に開けた。

そこにあったのは、巨大な雲の祭壇である。中心に多面体の物体が浮かんでいた。どの面にも額縁があり、絵が描かれている。

神画モルナドだ。

辺りに敵影はない。モルナドも無事だ。どうやら、絡繰神よりも早く到着したようだ。

銀水船ネフェウスは祭壇まで移動していく。

「神画モルナドを回収する」

そう口にして、バルツァロンドは船から飛び上がった。

彼は祭壇の中心に浮かぶ神画モルナドへと向かう。その瞬間、雲間を切り裂き、閃光《せんこう》が走った。

「バルツァロンドッ！」

瞬時に察知したレイは、エヴァンスマナを抜き放ち、バルツァロンドの背後を守る。

ガギィィッと甲高い音が鳴り響き、レイの視界に絡繰神の顔が映った。奴《やつ》は握った聖剣をぐっと押し込み、霊神人剣と鍔《つば》迫り合《あ》いに興じる。

「はぁっ……!!」

気合いとともに、蒼白《あおじろ》き剣閃《けんせん》が走った。それは難なく敵の聖剣を切断し、絡繰神の胴体を真っ二つに斬り裂いた。

僅かにレイは表情をしかめる。その手応えに疑問を覚えたのだろう。そして、それよりも数瞬早く、真っ二つになった絡繰神が矢のように飛んだ。

上半身と下半身は神画モルナドの前で、半液体化して結合し、元通りの姿となった。

「君は、隠者エルミデかい？」

霊神人剣を構えながら、レイが訊《き》く。

「問わねばわからぬ貴様らの末路は知れている」

「そうかな？」

と、レイが言った瞬間、雲間を割って四つの銀水船がそこへ降りてきた。乗っているのはバルツァロンドとともに絵画世界へやってきた狩猟貴族——男爵レオウルフ、子爵フレアドール、侯爵レッグハイム、叡爵ガルンゼストである。

「我ら五聖爵とミリティアの勇者レイが相手だ。貴様には勝ち目はおろか、逃げることさえできはしない」

そう言いながら、バルツァロンドは弓を引き絞る。

「追い詰めたと思っておるのか？　この隠者エルミデを」

嘲るように、そいつは言った。

「釣り出されたとも知らずに」

そのとき、雲海迷宮が激しく揺れた。

絵画世界のどこかで膨大な魔力が弾《はじ》けたのだ。ガルンゼスト叡爵がはっとする。その表情はいつになく青ざめていた。

「《銀界魔弾《ソネイド》》です……!!」

直後、爆音が耳を劈《つんざ》いた。

雲海迷宮の中にいて、なおもけたたましいその音が、被害の大きさを物語っている。

すぐさま、オットルルーから《思念通信《リークス》》が届く。

『《銀界魔弾《ソネイド》》の二射目が着弾しました。被害は甚大《じんだい》、絵画世界は崩壊を始めています。元首ルーゼット、画神バファディの力ではこの銀泡を維持することができません』

五聖爵とレイが険しい表情を浮かべる。ここで奴《やつ》を捕らえたとしても、絵画世界は滅びる。それだけは避けねばならぬ。

「レッグハイム卿、レオウルフ卿、フレアドール卿。貴公らは絵画世界の穴を塞いでください。力を合わせれば、まだしばらく崩壊は食い止められるでしょう」

そのために、エルミデはあえて《銀界魔弾《ソネイド》》を手加減して撃っている。絵画世界の守りと修復に戦力を割かせるためだ。

「奴《やつ》は私たち三人で捕らえます」

弓に優れたバルツァロンド、堅固な護《まも》りを持つガルンゼスト、霊神人剣を操るレイ。三人が連係すれば、絡繰神とも戦える。ガルンゼストはそう考えた。

しかし――

「穴を塞ぐなら、ガルンゼスト卿がお得意でしょうっ！」

マントをなびかせ、フレアドール子爵が銀水船を飛び出した。

「我が狩道《しゅどう》は獲物の捕縛に適しているっ！」

細剣を抜き放ち、フレアドールはあっという間に絡繰神との間合いを詰めた。目にも留まらぬ突きがその左胸をめがけ一直線に走る。

しかし、隠者エルミデは細剣を片手で難なく受け止めていた。

「このような児戯は通用せんよ」

「勘違いも甚だしいですね」

エルミデの手の平に白い線が浮かび上がり、その腕ががくんと下がる。まるで手が急に重くなったかのようだった。

「狩猟剣アウグストは獲物を斬らず、ただ捕縛するのみっ！」

右手、右足、左手、左足、胴体、頭とフレアドールは一呼吸の間にエルミデを滅多刺しにした。

その剣は絡繰神を傷つけることなく、白い線を刻んで体を縛る。

「なにをしているのですか、ガルンゼスト卿っ！　早く行ってくださいっ！」

エルミデに狩猟剣アウグストを刺し続けながら、フレアドールが声を上げる。ガルンゼストは視線を険しくするも、銀水船後退の指示を出した。

「行きましょう、レッグハイム卿、レオウルフ卿」

三人の五聖爵とともに、三隻の船は雲海の中に消えていく。

なおもフレアドールはエルミデに突きを繰り出し続け、奴《やつ》を縛る白き線を刻み続ける。

「さあ、隠者エルミデ。いいのですか。このままでは、指一本動かすこともできなくなりますよっ！」

ぴくり、とエルミデの手が動いた。

はっとして、レイが叫ぶ。

「避けろっ！　フレアドールッ‼」

「もう遅い」

瞬間、エルミデはフレアドールの顔面をつかんでいた。狩猟剣アウグストの束縛などまるで感じさせぬほどの速さだ。

「《覇弾炎魔熾重砲《ドグダ・アズベダラ》》」

蒼《あお》き恒星が至近距離で放たれ、フレアドールが炎上する。だが、追撃することなく、エルミデは背後を振り返った。

バルツァロンドの矢が唸《うな》りを上げて襲いかかる。首を捻《ひね》ってそれをかわせば、同時に飛び込んできたレイがエヴァンスマナを振り下ろした。

左手の魔法障壁がそれを受け止めるも、ピシィ、とそこにヒビが入る。

「来たれよ、輝神剣《きじんけん》ヴァゼスタ」

魔法陣から神々《こうごう》しい魔力が漏れ、そこに赤き聖剣が姿を現《あら》わす。

霊神人剣が魔法障壁を斬り裂いた瞬間、エルミデは輝神剣ヴァゼスタをレイに突き出した。

咄嗟《とっさ》にレイは剣の軌道を変え、その突きをいなすように受け止める。

「狩猟剣を無防備に受け続けたのは、僕を警戒していたからかな？」

「その考えは、驕《おご》りにすぎん。所詮は霊神人剣の力だ」

至近距離にて、レイとエルミデは睨《にら》み合《あ》う。

レイが輝神剣を打ち払ったのを合図に、両者はそれぞれの剣を同時に走らせた――

§22.【二人の再会】

吟遊世界ウィスプウェンズ。庭園劇場。

観客席には熾死王を始め、魔王学院の生徒たちが座っていた。彼らだけではなく、そこには多くの人々が詰め寄せている。ウィスプウェンズの住人たちは皆、高揚した面持ちである。それはどこか、祭が始まる前の雰囲気を連想させた。

中央に位置する舞台の下には吟遊詩人たちが整列している。彼女たちは吟遊神選の立候補者だ。

その数、一二四名。

中にはリンファやシータの姿があった。

舞台上に立っているのは吟遊宗主エルム。

やがて刻限を迎え、彼女はそっと口を開いた。

「まもなく、わたしたちの世界の在り方を定める吟遊神選が始まります。ここに集った一二四名の歌い手の中から、ウィスプウェンズの新しい元首が誕生します。選ばれた吟遊詩人の歌は、この世界に豊かさをもたらし、更なる繁栄を呼ぶことでしょう」

歌うような声はどこまでも響き渡る。遠くの者にも、近くの者にも等しい音量で。それが吟遊宗主エルムの力であり、そしてこの世界の秩序だった。

「今回の吟遊神選はロドウェルの導きに従い、デレン式にて行われます。第一神選は、首都セネルセンズにあるそれぞれの拠点にて。第二神選は噴水劇場。舞台の数は八つ。そこへ進むべき候補者にのみ、舞台に上がる資格が与えられます」

吟遊神選の説明を聞き、観客席のアルカナが言った。

「一二四名から、八名に絞り込むということだろうか？」

「うん。リンファがそう言ってたよ。一二四人で一斉に歌って、沢山の心を動かした人から順番に次の舞台に進めるんだって」

エレンが答える。

アルカナは不思議そうな顔をした。

「声が大きい人が有利ということにならないだろうか？」

多くの人の心を動かすということであれば、まず歌を聴いてもらわなければ話にならない。アルカナの疑問はもっともだろう。

「立候補者はみんな世界中に届くぐらいの声量があるんだって。だから、声の大きさの差はそこまでないんじゃないかな？」

「吟遊の子たちが同時に歌うと、歌が混ざってしまう」

アルカナが率直な懸念《けねん》を口にした。

「うーんとね、その辺りよくわからないんだけど、その人が聴きたい歌だけがちゃんと聴こえるから大丈夫なんだって」

「同時に歌ったら聴けなくないって訊《き》いたら、逆にきょとんとされちゃったもんね」

横から顔を出し、ノノが言った。

アルカナは僅かに考え込み、そして口を開く。

「吟遊の歌は空に響かず、心を鳴らす。ウィスプウェンズの尊き秩序か」

その言葉に「たぶん、そんな感じ。さすがカナっち」とエレンが同意した。

実際、首都でも多くの吟遊詩人たちが歌っていたが、歌が混ざり、不協和音になることはなかった。吟遊世界の秩序が働いているのだろう。

「――そして、やってくるのは最終神選、並木道に設けられた桃の木の式場。これまでの神選を勝ち抜いた二名の候補者はここで雌雄を決します」

アルカナとエレンが話している間も、吟遊宗主エルムの説明は続いていた。

とはいえ、殆《ほとん》どの者はルールを承知しているはずだ。この説明は、どちらかといえば儀式としての側面が大きいのだろう。太古より、彼女たちはこの方法で吟遊神選を取りしきってきたのだ。

「最後に、ウィスプウェンズと神詩ロドウェル、それから歌を愛するすべての民に選ばれた一名のみが、この場所に帰ってきます。彼女は庭園劇場の舞台に上がり、そしてウィスプウェンズを大いなる歌で満たすでしょう」

その一人が新たな吟遊宗主として、ウィスプウェンズに君臨する。なんとも平和的な元首の決め方だな。

「それでは一時間後、吟遊神選を開始します。新しい歌い手の誕生に、どうか大きな拍手を」

エルムが丁寧にお辞儀をすると、劇場内から盛大な拍手が鳴り響いた。

光の幕が下りてきて、舞台を覆う。すると、候補者たちは一斉に歩き出す。劇場を出て、首都シェルケーにあるそれぞれの拠点に向かっているのだ。

エルムの説明にあった通り、そこが第一神選の舞台となる。

だが、立候補者たちがみるみる劇場から姿を消していく中、一向に歩き出そうとしない少女たちがいた。

リンファとシータである。

二人は距離を保ったまま、互いに視線を向けようとはしない。意識しないように努める様が、逆に互いへの関心を強く示している。

やがて、シータが歩き出す。劇場の外へ向かう彼女の背中に、リンファが声をかけた。

「楽しみじゃん」

シータは足を止める。背中越しに彼女は言った。

「……久しぶり」

「ごめんね、手紙も出さないで。なんか、恥ずかしかったんだよね」

「どうして？」

「シータはすごい吟遊詩人になったじゃん。序列一位でしょ。あたしは、全然だったから」

無表情を崩さず、けれどもシータは下唇を噛《か》んだ。

「雲の上の人に、なんて声をかけたらいいのか、わかんなかった」

自らの想《おも》いを包み隠さず、リンファは話す。

「……友達でしょ」

「違うよ」

リンファが即座に否定すると、シータが目を丸くする。

「友達じゃなかった。友達じゃ、シータの隣に立てないじゃん」

燃えるような熱い瞳でリンファは彼女を見つめた。

「そのための九年だった。あたしは歌ってたよ。ずっと、歌ってきた。今日は、約束を果たしに来たんだ」

「わたしは待ってない」

冷たい声で、シータは言った。

「待ってなかったよ。九年間、一度も思い出したことなんてなかった。言ったでしょ、約束は忘れてって」

「うん。聞いた」

「リンファは吟遊詩人になれないよ。立候補者の中で、他に器霊族はいない。もう大人なんだから、無理だってわかるでしょ」

淡々と突き放すような言葉だった。

シータは頑《かたく》なに彼女の方を向かなかった。

「大人になるって、諦めることなの？」

「どうにもならないことはどうにもならないって、受け入れることだよ。わたしたちは、できることをやるしかない。やりたくなくても」

「やってみなきゃ、わかんないじゃん」

憂いのない笑顔で、リンファは言う。

「シータを送り出した日、なにも言えなかった。なにも言えなくて、なにもしないで諦めそうになったのは、あたしが子どもだったからだ」

吟遊詩人にはなれない、と告げられたことを語っているのだろう。そのときとは違い、リンファはまっすぐ前を向く。

「子どもの頃は手が届かなかったことに、今はやっと手が届く。それが大人になるってことじゃん」

「リンファは第二神選にも進めない」

現実を突きつけるようにシータは言う。

「喉を傷つけて第二神選に通っても、それじゃわたしの歌には敵《かな》わない。庭園劇場の舞台に立てるのは一人だけ。わたしの隣には立てないよ」

シータは決して吟遊宗主を目指しているわけではない。なりたくないとさえ思っている。

ゆえに、その判断はこの上なく冷静なものであろう。自分が歌えば、吟遊宗主になってしまうのだと、彼女は現実を見ているのだ。

「久しぶりに会った友達にひどいこと言うじゃん」

すると、そこで初めてシータが振り向く。

「あなたが違うって……！」

ムッとする彼女に、リンファはにんまりと笑う。それを見て、シータはまたそっぽを向いた。

「シータは待ってなかったかもしれないけどね」

温かな声で、リンファは語る。宝箱にしまっていた大切な思い出を、そっと見せるように。

「あたしはずっと追いかけてきた」

その小さな背中に、彼女は敬意を抱き、語りかけた。

「なによりも綺麗《きれい》な歌を歌う、あたしの歌姫を。今日ここに立つことが、吟遊詩人になれないあたしにできる精一杯だった。雲の上にいるあなたをずっとずっと追いかけてきて、ここだけが唯一あたしの歌があなたに届く場所」

リンファは力強く歩き出す。

立ち尽くすシータを追い越すと、振り向いて彼女は笑った。

「ちゃんと聴いててよね。あたしのぜんぶを懸けるから」

§23.【第一神選開始】

一時間後――

庭園劇場に大小様々な《遠隔透視《リムネト》》のスクリーンが展開された。その直後、鐘の音が遠くどこまでも響き渡る。

第一神選、開始の合図だ。吟遊神選の立候補者――それぞれの拠点の舞台に立つ吟遊詩人たちは、皆一斉に歌い上げる。

唱霊族ならではの声量は、ウィスプウェンズの秩序も相まって、世界中に届けられる。その上、それぞれが別々の歌を歌っている。

しかし、彼女らの歌が不協和音を奏《かな》でることは決してなかった。誰もが大声量で歌い上げ、世界の隅々まで届けているにもかかわらず、個々人に聞こえてくる歌は一種類のみ。

ファンユニオンの少女たちの耳に届いたのは序列一位、蒼花歌唱隊の吟遊詩人シータの歌声だった。

庭園劇場の一番大きなスクリーンには、鮮やかに歌い上げるシータの姿が映し出された。

「…………すごい……」

そうエレンが感嘆の声を漏らした。

以前に聴いたときよりも、更に洗練された歌だった。宝石のような声がキラキラと輝き、彼女の拠点である地下劇場を光で埋め尽くしていく。ため息が出るほどに美しく、まるで音が目に見えているかのようだ。一音さえも聴き逃すまいとエレンたちの耳が勝手にその歌声を求めていた。

「これって、歌を聴いている人が多い候補者ほど、大きい《遠隔透視《リムネト》》に映されるんだっけ？」

「うん。そう聞いたけど」

観客席でエレンとジェシカが言葉を交わす。

「じゃ、今、シータが一番人気ってこと？」

「序列一位なんだから、順当だよね」

ウィスプウェンズでは、より心に響いた歌が耳に聞こえるという。ゆえに聴いている人々の数が多いのは、それだけ心を動かした証明だった。《遠隔透視《リムネト》》のスクリーンの大小は、そのまま各候補者の支持率を表しているのだ。

「リンファは？　今何番っ？」

言いながら、エレンはスクリーンに視線を巡らせる。

「えっと……」

ジェシカが同じように魔眼《めがん》を凝らした。

「あ、いたっ！　あそこ、一番ちっさいやつ」

ヒムカが指をさす。

「まだ歌ってない……？」

スクリーンには、寂れた広場が映っている。リンファたち赤星歌唱団の姿があった。蒼花歌唱隊や他のチームの拠点には、それぞれの観客たちがぎっしりと詰めかけ、満席となっている。

リンファたちの観客席には、人は一人もいない。

「誰も観《み》に来《き》てないじゃん」

唇を尖《とが》らせながら、リンファが軽口を叩《たた》く。

イリヤは軽くバイオリンを肩に載せながら答えた。

「当然でしょう。赤星歌唱団は首都に出たばかりです。吟遊詩人でもない器霊族の歌を、わざわざ拠点まで聴きに来る酔狂な人はいません」

「村に戻れば満席なんだけどね」

と、ナオが苦笑した。

「どうせ世界中に歌うんですから、同じことですよ。それに――」

真剣な顔つきで、イリヤは言う。

「わかっていたことでしょう。吟遊神選は序列すら持たない私たちには圧倒的に不利だと。これまでも吟遊宗主に選ばれたのは序列一位から三位の吟遊詩人だけ。世界中にファンがいるんですから、始まる前から殆《ほとん》ど決まっているようなものです」

淡々と事実を告げる言葉だった。しかし、それは決して届かないと現実を突きつけているわけではない。イリヤは発破をかけているのだ。

「余程の実力を見せつけない限り、この差は覆《くつがえ》せません」

望むところだと言わんばかりにリンファは笑い、まっすぐ前へ出た。

一転して、全員の顔つきが変わる。イリヤたちはそれぞれの楽器を流麗な所作でピタリと構えた。

「イリヤ、ナオ、ソナタ、ミレイ」

リンファはメンバーに声をかける。

「みんな、ほんとは歌唱隊から誘いがあったの、知ってるよ」

ナオとソナタが僅かに驚いたような顔をする。

「イリヤなんか、蒼花歌唱隊から勧誘されてた」

穏やかな顔でイリヤはそれを聞いている。

「あたしに余計なことを考えさせないように、みんな黙って断った」

僅かに俯《うつむ》き、彼女は言う。

「ありがと。あたしにつき合ってくれて」

吟遊詩人ではないリンファを歌い手とする赤星歌唱団の伴奏をするのがどういうことか、考えるまでもあるまい。

赤星歌唱団が認められなければ、どれほど実力があっても伴奏者として大成することはない。伴奏者にとっても、歌い手は吟遊詩人でなければだめなのだ。それでも、彼女たちはリンファと一緒だった。

リンファの歌に魅せられ、その夢をともに追いかけてきたのだ。

「今日、まとめてぜんぶ返すから」

スクリーンの大きさは変わらない。それでも、なぜか彼女が大きく見えた。

すっと息を吸い込み、一瞬止める。リンファはまるでウィスプウェンズに宣戦布告するが如《ごと》く、天を突き破るほどの声を発した。

「あたしたちが世界一だ！」

彼女たちの足下に描かれたのは、《狂愛域《ガルド・アスク》》の魔法陣――愛を注ぐ対象は、ウィスプウェンズにおいて不可能と断じられたリンファの夢だった。

歌に優れていない器霊族として吟遊詩人になる。

その夢を頑《かたく》なに信じ、その歌がなによりイリヤたちの心を撃ち抜いたからこそ、彼女たちは今この吟遊神選の舞台に立っている。

ここに来るまでに様々な困難があったことだろう。大きな葛藤も、深い挫折もあっただろう。

それでもなお、挑み続けたその想《おも》いは、狂信的という他あるまい。《狂愛域《ガルド・アスク》》は赤い火花となり、その広場一帯を覆い尽くす。

彼女たちの魔力が桁違いに膨れ上がった。

「《合声拡唱法《ラナ・シーア》》」

赤星歌唱団の口元に魔法陣が描かれる。

それらが合成されるように、リンファの魔法陣と一体となった。

器霊族である彼女の声量を補うための魔法、イリヤたちの力を借りることで、彼女の歌は世界中に届き得る。

それでも、これまでならばリンファの喉への負担は大きかったが、《狂愛域《ガルド・アスク》》による魔力の増加はそれを軽減するだろう。

すっと彼女が息を吸えば、その瞬間まるで時間が止まったように錯覚した。

研ぎ澄まされたリンファの集中が、見る者の一秒さえも色濃くしている。

そんな現象であった。

歌が響いた。

聞いているだけで手に汗を握ってしまうような、情熱の歌。

そこには彼女の人生が込められていた。

歌に出会ったこと。

初めての舞台に立ったこと。

唱歌学院の受験資格がないと知ったこと。

それでも、諦めきれず、試験会場へ乗り込んだこと。

不合格を言い渡されたこと。

何度現実に踏み潰されても、それでも懸命に立ち上がってきた彼女の熱い想《おも》いが、胸中に溢《あふ》れて止まらない。

魔王学院の生徒たちや、ファンユニオンの少女、アルカナも、その歌を聴いて、ぐっと拳を握らずにはいられなかった。

言いようのない衝動が湧き上がり、気がつけば彼女たちは大きな声を上げていた。

赤星歌唱団を応援するように

リンファの夢を後押しするように。

喉を嗄《か》らす勢いで彼女たちは叫ぶ。気がつけば、叫んでいるのは魔王学院の生徒たちだけではなかった。観客席にいる人々が声を上げる。

そして、それは次第に増えていき、気がつけば庭園劇場は熱狂の渦に巻き込まれていた。

いや、庭園劇場だけではない。

その証拠にシータが映っていた一番大きなスクリーンの映像が、リンファに切り替わった。

大きく鐘の音が響く。

誰もいない、寂れた広場。一人の少女が目を見開いた。

リンファの目の前に、赤い光の絨毯《じゅうたん》が敷かれていく。それは第二神選の舞台である噴水劇場へと続くものだ。

『第一神選、一位通過は赤星歌唱団——リンファ・アシスです』

庭園劇場に声が響き、けたたましい歓声が上がった。

唱霊族たちのその声は、赤星歌唱団の拠点である広場にまで届けられる。

自信に満ちていたはずのリンファが、それでも信じられないといった表情でイリヤたちを振り向いた。

「あなたの歌が最高だから、他の誘いを断ったんです」

ナオ、ソナタ、ミレイがうなずく。

さあ、先へ進もう、とイリヤたちは視線で訴える。

再び前を向き、リンファは赤い光の絨毯《じゅうたん》の上を歩き出す。

こぼれそうになる涙を、必死に堪えながら。

第一神選を通過しただけ。吟遊神選はこれからが本番だ。だとしても、ずっと認められなかった少女がようやく手にした、それは夢の栄冠だった。

§24. 【開花のとき】

今まさに、開花の瞬間を目《ま》の当《あ》たりにしているかのようだった。

抜きん出て上手《うま》いわけではない。

特別センスがあるわけでもない。

されど、その歌声は心に深く響く。

聴く者の感情に突き刺さるような、剝《む》き出《だ》しの情熱。それがリンファの才覚で、かつ最大の武器であったが、彼女はこれまで十分に活《い》かすことができないでいた。

迷いがあったのだろう。

ひとえに自らの歌を信じきれないことが原因であった。歌は、剣技や魔法とは違う。どれだけ修練を積み重ね、卓越した技術を手にしたところで、結局は聴く者の心に届かねば意味がないのだ。

魔眼《め》を凝らせば、魔力の多寡は簡単にわかる。

魔法の威力は自《おの》ずと知れよう。歌の力はそれよりずっと曖昧だ。それが優れているかどうかを測るとなれば、なおのこと難しい。

その道の専門家であれば、より深淵《しんえん》を覗《のぞ》くことはできるであろう。しかし、リンファを評価する際はどうしたところで器霊族であるという名目が先に来る。

吟遊詩人にすらなれない彼女の歌を、希有《けう》な才能と評することができる者になどそうそう出会えるものではない。

ウィスプウェンズの秩序と、積み重ねられてきた吟遊詩人の歴史が、その評価に影響せざるを得ない。

なにより、リンファはその歌を世界中に届けることができない。

この吟遊世界において、それは致命的な欠点とされる。どれだけ努力を重ねても覆《くつがえ》せないその現実に、彼女自身深く思い悩んだことだろう。

振り切ったつもりでいたとて、どれだけ自信があるように見えようとも、現実の壁にぶつかったとき、リンファはそのことを痛感していたに違いない。

自分が、間違っているのかもしれない――と。迷いは歌に返り、彼女の最大の持ち味が薄れてしまう。

それを、乗り越えたのだ。

仲間たちと声を合わせる《合声拡唱法《ラナ・シーア》》、そして仲間たちと心を重ねる《狂愛域《ガルド・アスク》》。その二つの魔法により、リンファは吟遊詩人のぎりぎり及第点といった程度にまで声量を高められた。

そして、第一神選での大喝采と声援。蒼花歌唱隊のシータを抑えての一位通過は、彼女に足りなかった最後のピースを埋めたのだ。

――間違っていなかった。

《狂愛域《ガルド・アスク》》を通じて、彼女の想《おも》いが溢《あふ》れ出《だ》す。

――不可能に挑んだ日々も、

――積み重ねてきた努力も、

――目指してきた夢も、

――ぜんぶ、今日につながってた。

――なに一つ、無駄なんかじゃなかった。

自分たちが世界一だと豪語していた傲岸不遜な少女に、それでも足りなかったのは自信なのだ。真《まこと》に己が一番だと自覚しているのならば、それをことさらに語る必要などない。彼女は不安だったのだ。ゆえに己を、そして仲間たちを鼓舞していたのだろう。

今はもう違う。

ウィスプウェンズの住人たちが、リンファの歌を認め、誰もがその一音、その一声に耳をすましている。

ただ一度の達成にすぎぬ。

されど、それを知る者と知らぬ者とでは、雲泥《うんでい》の差《さ》が存在する。それは小さなつぼみを瞬《また》く間《ま》に大輪の花へと変えるのだ。

そう。

彼女は、まだつぼみにすぎなかった。そして、それが今まさに開花しているのだ。

この吟遊神選の大舞台にて——

『第二神選、一位通過は蒼花歌唱隊——シータ・メルンです！』

第二神選の報が流れ、再び庭園劇場の観客席が大きくざわついた。

「さすがはシータ・メルン、第二神選は取り返しましたね」

「予選ですからね。十分に通過できるということで、まだ抑え気味だったのでしょう」

ウィスプウェンズの住人たちが、興奮気味にそう評した。

「ここからは、シータの独壇場かもしれないわね」

「いや、待ってください」

彼女たちが、スクリーンに視線を向ける。そこに、赤星歌唱団が大きく映った。

『また同じく一位通過となりますのは、赤星歌唱団――リンファ・アシスですっ！』

同時一位通過の報に、庭園劇場の観客席から絶叫が溢《あふ》れる。稀《まれ》に見る接戦だということは、彼女らの熱狂具合から容易《たやす》く想像できた。

「やはり、負けてはいませんね、リンファ・アシスも！」

「いいですよ、彼女も。とても素晴らしい！」

「いや、それにしても信じられない……！　あの歌姫と互角に歌い合える吟遊詩人がいるとは……！」

「あれほどの歌い手が、これまで名前も知られずにいったいなにをしていたのか。序列上位に入ったこともないでしょう」

「仕方がありません。彼女は器霊族なのですから」

一人の吟遊詩人の発言に、その場の観客たちがあっと驚く。

「器霊族⁉　彼女がですかっ⁉」

信じられないという目で、観客たちはシータ・メルンと互角の歌い合いを演じている少女を見つめた。

「……あなたは、リンファ・アシスのことをよくご存じなのですか？」

「知っているというほどでは……昔、彼女が唱歌学院の試験を受けたとき、私は試験官をしてましてね。そのときは、もったいないと思いました。唱霊族にさえ生まれていれば……と」

大きく成長したリンファを見ながら、その吟遊詩人は言った。

「そんなこと、彼女には大した足枷《あしかせ》ではなかったようだ」

息を呑《の》むように観客たちは、スクリーンで歌い上げるリンファの声に耳をすます。この吟遊世界の住人にだからこそ、彼女が歩んできた苦難の道のりがよくわかることだろう。

「……吟遊宗主はシータ・メルンに決まりだとばかり思っていましたが」

「あるいは、そうですね。ウィスプウェンズの歴史が、大きく動くことになるのかもしれません……」

庭園劇場には抜きん出た大きさのスクリーンが二つある。

互いに互いの存在を主張するように、二人の歌が交互に世界に響き渡った。第一神選、第二神選を経て、リンファはシータに並ぶほどの実力を見せつけたのだ。

そして訪れる最後の舞台は、並木道の式場。

桃の木が立ち並ぶ、桃源郷の舞台である。ここに立つことができるのは、二人のみ。まずはシータがその場に姿を現《あら》わした。彼女は瞳を閉じ、風景と一体化するように穏やかにそのときを待った。

「……あれ？」

スクリーンを見ていたエレンが目を丸くする。

「同時通過のリンファがまだ来てないのっておかしくない？」

「そういえば、そうだよね」

「どうしたんだろ？」

庭園劇場にはリンファとシータ、二人分のスクリーンが展開されており、それぞれ隣接している並木道の式場を映し出している。

下手側、リンファが立つ舞台にはまだ誰も来ていなかった。しばらく待っても、赤星歌唱団が現れる気配はない。

次第に他の吟遊詩人たちも異変に気がつき始めた。

「……リンファは、どうしたんでしょう？」

「式場の場所は魔法で示されるはず。迷うということはないはずですが……」

「なにかトラブルが？」

観客席に困惑が広がっていく。

だが時間が経《た》っても、やはりリンファたちは現れない。

「……このまま来なかったら、どうなるんですか？」

「それはもちろん、棄権ということに……」

タン、と杖《つえ》をつく音が響く。

エレンが振り向けば、熾死王が立ち上がっていた。

「エールドメード先生？」

「立ちたまえ。せっかく面白い見世物だというのに、水をさしたい輩《やから》がいるようだ」

ファンユニオンの少女たちは顔を見合わせ、すぐさま立ち上がった。《飛行《フレス》》の魔法で空を飛び、熾死王たちは地上を魔眼《めめ》でさらっていく。

「――でも、捜している間に、最終神選が始まっちゃわないですか？　そんなに時間ってないですよねっ？」

エレンが言う。

「カカカ、こんなこともあろうかと、赤星歌唱団には目印をつけておいたのだ。見たまえ」

エールドメードが杖《つえ》で指すと、地上の一点が光った。

そこへめがけて、彼らは下りていく。

「リンファッ……！」

エレンが声をあげ、路地に倒れているリンファに駆け寄っていく。そうして、はっとしたように目を見張った。

彼女の体は傷だらけで、纏《まと》った衣装もボロボロなのだ。

「リンファッ、大丈夫……!?」

回復魔法をかけながら、エレンは彼女を抱き起こす。すると、リンファはうっすらと目を開けた。

「……エレン……」

彼女の瞳に、涙が滲《にじ》む。

「どうしよう……イリヤたちが、連れていかれちゃった……」

§25．【商談】

「…………さらわれた……!?」

目を丸くして、エレンが声をこぼした。

「誰にっ!?」

「……わかんない……突然、襲われて……イリヤたちがあたしをかばってくれたんだけど、魔法で拘束されちゃって……」

リンファはぐっと拳を握り、唇を噛《か》む。僅かに血が滲《にじ》んだ。

「イリヤがあたしだけ、魔法で飛ばしてくれて……襲ってきたのは三人だったと思う。でも、顔も魔力も見えなくて……」

「蒼花歌唱隊の連中ではないかね」

さらりと熾死王が言う。

「ここでオマエが脱落して、得をするのはアイツらしかいないではないか。歌唱隊と言いながら、演奏も歌もシータ一人でやっていることだしな」

「シータがそんなことするわけない……！」

語気を強めてリンファは反駁《はんばく》した。

笑みをたたえながら、エールドメードは手を振って否定する。

「いやいや、いやいやいやいや。シータの仕業だとは言っていないぞ。だが、彼女が勝てば、その恩恵に与《あずか》る者もいるだろう。独断で動いたとしても不思議はない」

熾死王の推測は妥当なところだろう。

実際、シータは蒼花歌唱隊のメンバーを不審に思っていたようだしな。前評判では、彼女が吟遊宗主になることはほぼ確実視されていた。

しかし、ここにきてリンファが台頭したことにより、吟遊神選の行方はまったく読めなくなってしまった。シータを確実に勝たせるため、リスクを承知で吟遊神選の真っ最中に仕掛けてきたというわけだ。

「とにかく、助けに行かないと……！」

立ち上がり、走り出そうとしたリンファの行く手を、熾死王が杖《つえ》で阻《はば》む。焦《あせ》ったような顔で、彼女が見返してくる。

「居場所がわかるのかね？」

「それは……」

「そもそも今助けにいけば、吟遊神選は棄権するしかない。それでは、蒼花歌唱隊の狙い通りではないか？　ん？」

「そんなのどうでもいいじゃんっ」

はっきりとリンファはそう言い切った。

「あたしたちはみんなで赤星歌唱団なの！　誰か一人が欠けたらそうじゃない。一人で歌うあたしの歌には、なんの価値もないっ！」

「ではなぜオマエの仲間は、オマエをかばったのかね？」

熾死王の問いに、リンファは一瞬言葉に詰まった。

「なぜ、イリヤはオマエを飛ばしたのだ？　咄嗟《とっさ》にそれだけのことができたならば、自分が逃げることもできただろうに」

熾死王がリンファの顔を杖《つえ》でさす。

「オマエ一人残れば、吟遊神選を続けられるからだ。自分たちのことは構わず、吟遊宗主になってこいと言っているのではないか？」

「だけど……もし本当に犯人が蒼花歌唱隊なら……あたしが棄権しなかったら、あいつらはイリヤたちになにをするか……」

「どちらでも構わんぞ。なあ、器霊族の歌姫。オレは別にどちらでもいいのだ」

ニヤリと笑う熾死王へ、リンファが疑問の目を向ける。

「しかししかし、だ。アイツらが覚悟を決めてオマエを送り出したのなら、吟遊神選をほっぽり出して助けに来たと知ったら、さぞガッカリするだろうなぁ」

彼女は僅かに目を伏せ、奥歯を噛《か》む。

「ああ。それとも――」

挑発するように熾死王は言った。

「命も懸けられんほどの夢だったかね？」

「あたしの命なら、いくらだって懸ける！　でも、イリヤたちは違うっ！」

咄嗟《とっさ》に口を突いて出た言葉に、熾死王は大仰にうなずいた。

「な・る・ほ・どぉ。彼女たちはオマエが吟遊宗主になるために命を懸けられないというわけだな？」

はっとしたように、リンファは目を見開いた。熾死王は数歩前へ出て、彼女の耳元で誘うように囁《ささや》く。

「オマエが吟遊宗主になったとき、一つだけ願いを聞いてくれると契約するのなら、このオレがイリヤたちを救おう」

熾死王は《契約《ゼクト》》の魔法陣を描く。

「できるかね？」

「……助けられる自信があるの？」

「オマエと同じだけのものを賭けようではないか」

イリヤたちの救出に熾死王は命を賭けると《契約《ゼクト》》に追記した。

「オマエが吟遊神選で負けたなら手を引くがね」

リンファは《契約《ゼクト》》の魔法陣を見つめる。そうして、助けを求めるようにエレンに視線を移した。

「大丈夫だよ、リンファ。エールドメード先生は、こういうの得意だから」

「わたしも手伝おう」

エレンとアルカナが言う。

すると、覚悟を決めたようにリンファは力強い瞳で言った。

「お願い。絶対、吟遊宗主になるから、あたしにできることならどんな願いでも叶《かな》えるから、イリヤたちを助けてっ！」

リンファの声で、《契約《ゼクト》》の調印が成される。

「商談成立だ」

熾死王が言うや否《いな》や、リンファは走り出す。あっという間にその背中は遠ざかっていった。

「赤星歌唱団の子たちを救出するのに、《契約《ゼクト》》が必要だっただろうか？」

アルカナが鋭い視線を熾死王に向けた。

リンファが負ければ救出から手を引く魔法契約を交わしたことが不服なのだろう。静謐《せいひつ》な瞳は無条件で助ければよかった、と言いたげだ。

「一人では《狂愛域《ガルド・アスク》》も《合声拡唱法《ラナ・シーア》》も使えない」

カツン、カツン、と杖《つえ》を突きながら、熾死王は言った。

「まともに挑んでは、シータとは勝負にならないではないか。ならば、せいぜい死に物狂いにならなければな」

アルカナが視線を鋭くした。

「そういう狂言はどうなのだろう」

「カカカカ、気に障《さわ》ったかね、背理神。イリヤたちは助ける。リンファは命懸けで吟遊神選に臨む。問題ないではないか」

熾死王が肩をすくめてそう言った。

すぐに救出に向かわなかったのも、リンファを追い込んでまで吟遊神選を勝たせるためだろう。

果たしてそれが、彼女の歌にどんな影響を与えるかは博打《ばくち》だ。逆に言えば、熾死王はそうでもしなければ勝ち目はないと見込んでいるのだろう。

「…………エールドメード先生って、シータが勝ってもいいのかと思ってましたけど……」

不思議そうに、エレンが言う。

「確かに吟遊派だが、オマエの話では、吟遊宗主になりたくないと言っていたそうではないか。蒼花歌唱隊のベルンという男。アイツが暗躍しているのだとすれば、吟遊宗主が決まった後、事実上の実権を握るということもあり得る」

だからこそ、ここまで強硬手段をとってきたとも考えられよう。

「そういう男だとすれば、いやいや、考えたくないことではあるが、魔弾世界についた方が旨《うま》みがあると判断しても不思議はない」

銀滅魔法とその対策、両方を握っていれば銀水聖海を掌握できる。歌で元首を決める吟遊神選において、暴力にて覇権を狙おうとする者ならば、そんな考えに至っても不思議はあるまい。

「でも、ウィスプウェンズは外の世界とは交流がないんだし、《銀界魔弾《ゾネイド》》のことは知らないんじゃや……？」

「オレが大提督なら、《銀界魔弾《ゾネイド》》の対抗手段を有する世界を放置せんがね」

オルドフが吟遊世界に逃げ込んだのを、大提督は知っている。《銀界魔弾《ゾネイド》》の対抗手段に行き着いていることも視野に入れるべきだろう。

吟遊世界に入らないまでも、すでに奴《やつ》らはなんらかの手段でコンタクトをとっている可能性がある。

「あ……そっか……」

「じゃ、懲らしめなきゃっ！」

「ここで捕まえれば、エルム様が処罰してくれるはずだし」

「とにかく、まずは犯人の居場所を捜さなきゃだよね！」

ファンユニオンの少女たちが口々に言う。

「ということだ。オマエら、捜したまえ」

熾死王はナーヤや魔王学院の生徒たちに《思念通信《リークス》》を送る。

『もうやってるってっ！』

『シータが勝ったら、銀滅魔法の対抗手段が手に入らないかもしれないって話だもんな』

『おめおめ帰ったら、どうなるかわかったもんじゃねえっ！』

つないだ魔法線にて、事態を把握していた生徒たちは首都シェルケーの捜索を開始している。

『でも正直、《転移《ガトム》》で他の街に行ってたら捜しようがないぞ』

「安心したまえ。吟遊神選の歌の影響で、この街の魔力場はかなり乱れている。外に出なければ転移はできない」

吟遊神選の真《ま》っ只中《ただなか》に、わざわざ首都を出ようとする者などいまい。もしもいたとすれば、そいつがイリヤをさらった犯人だ。

「街の外はわたしが見よう」

そう言って、アルカナは空高く舞い上がった。

彼女の神眼《め》ならば、街の外に出た者がいればすぐさま捉えることができよう。

「……一番怪しいのは蒼花歌唱隊の拠点だよね……？」

「あたしわかるよっ！　案内するねっ！」

「そこはオレが調べておこう」

ファンユニオンが走り出そうとするのを、熾死王が止めた。

「オマエたちは吟遊神選の舞台へ行きたまえ」

「……でも、あんなに人が多いところには……」

「だからこそ、盲点となる。そもそも蒼花歌唱隊が、シータになにも仕掛けていないとは限らないではないか。追い詰められた奴《やつ》らが馬鹿をやらかしたときの備えは必要だ」

その可能性もゼロではあるまい。だが、恐らく熾死王の狙いは別にある。

「ついでに見てきたまえ。ウィスプウェンズの元首を選ぶ、吟遊神選の最終幕を」

ファンユニオンの少女たちがはっとした面持ちになる。吟遊世界の住人同様、彼女らは歌を力に変える者だ。最高の歌い手による二度とは来ないその舞台で、学んでこいと奴《やつ》は言っているのだ。

「「「……はいっ……！」」」

大きくうなずき、少女たちは駆け出していく。二人の歌姫が雌雄を決する、運命の舞台へ

――

§26. 【救出劇】

蒼花歌唱隊拠点。地下劇場。

薄暗い舞台の上に、四人の少女が拘束されている。イリヤ、ナオ、ソナタ、ミレイ。赤星歌唱団のメンバーである。

見張りについている三人の男は、蒼《あお》い服を纏《まと》っている。蒼花歌唱隊のものだ。その中の一人は、以前イリヤを引き抜こうとしてきたベルンだった。

「恥知らずな真似《まね》をしますね」

気丈な態度でイリヤが言う。

「これが明るみに出れば、吟遊神選をシータが制したとしても取り消しになりますよ」

「どのように明るみに出すおつもりですか、イリヤさん」

下卑た笑みを浮かべ、ベルンは彼女を見下ろした。すると、舞台上に巨大な魔法陣が描かれる。両隣の二人が、歌を歌い始めた。優しい子守歌である。

イリヤは視線を険しくした。

「……これ、は…………？」

「お察しの通り、《魔夜子守歌《ネイエン》》です」

バタッとイリヤの後ろで音が響いた。

ナオ、ソナタ、ミレイが舞台上に倒れ込み、眠りに落ちている。《魔夜子守歌《ネイエン》》の効果だ。

「あなた方は明日、シェルケー川のほとりで発見されるでしょう。溺死体としてね。吟遊神選の最中に足を滑らせて川に落ちた。第一神選、第二神選で、すでに精根尽き果てていたがゆえの悲しい事故です」

「リンファがあなたを見ています」

「証拠はなにも残してはおりません。シータに負けた彼女の言葉は、吟遊宗主になれなかったがゆえの言いがかりとしかとられないでしょうね」

歯を食いしばり、イリヤはベルンを睨《ね》めつける。

「そろそろ抵抗するのもお辛《つら》いでしょう。この舞台上では、いくらあなたの反魔法が優れていても、《魔夜子守歌《ネイエン》》を防ぐことはできません」

「……リンファは……負けません……」

かろうじて《魔夜子守歌《ネイエン》》に抵抗しながら、イリヤは言った。

「ククク。器霊族の娘がたった一人でどうするのです？　所詮は《合声拡唱法《ラナ・シーア》》がなければ、声量が出せない紛《まが》い物《もの》なのですから」

「……リンファは、最高の……歌姫です……私たちがいなくても……」

「残念ながら、勝つのはシータ——いいえ、我々、蒼花歌唱隊です」

ベルンが大きく口を開ければ、そこから魔力が溢《あふ》れ出《だ》し、《魔夜子守歌《ネイエン》》の力を増幅させた。

それは、ぎりぎりのところで耐えていたイリヤの反魔法を打ち破った。彼女の意識が落ち、まぶたが閉じられる。

バタッと音を立てて、イリヤは舞台上に倒れた。

「忠告はしましたよ。後悔することになる、と」

「な・る・ほ・どぉ」

突如響いた声に、ベルンは血相を変えて振り向いた。

「何者だっ⁉」

コツン、コツン、と杖《つえ》をつく音がする。それが止まったかと思えば、突如、天井から一筋の光がさした。脳天気な音楽がけたたましく鳴り響き、無数の紙吹雪が辺りに舞う。意味のない派手な演出とともに現れたのは、熾死王エールドメードである。

「一部始終を記録させてもらった」

人を食った調子で、熾死王が言う。

ベルンは奥歯を噛《か》み、表情を険しくする。

「さてさて。これを庭園劇場のスクリーンに流せば、シータは落選し、オマエたちはめでたくお縄を頂戴する」

「……いいのですか？」

蒼花歌唱隊の二人が剣を抜き、イリヤとナオの首へ向ける。

「そんなことをすれば、彼女たちの根源を串刺しにします」

ニヤリ、と熾死王は笑う。

「好きにしたまえ」

「……なに？」

怪訝《けげん》な表情でベルンは熾死王を睨《にら》む。

「脅しだとでも思っているのでしたら……」

「おいおい、オマエがオレなら、ソイツらを助けるかね？　コチラの目的は吟遊宗主の協力を得ること。つまり、リンファを勝たせることだ。ソイツらを守る義理があるわけでもない。好きにしたまえ」

リンファとの《契約《ゼクト》》により、熾死王は命懸けで彼女たちを助けなければならぬ。

だが、ベルンはそれを知らない。それをいいことに、熾死王は言った。

「正義の味方に見えたかね？」

すかさず、奴《やつ》はくるりと踵《きびす》を返《かえ》す。

そのままイリヤたちに背を向けて、平然と歩き出した。

「……まっ、待てっ！」

ベルンが声をかけた瞬間である。カーカッカッカッカッと笑い声を上げながら、熾死王は全速力で逃げ出した。

「お、追いますよっ！　殺してでも奴《やつ》を止めなさいっ!!」

負けじとベルンが走り出し、メンバーの二人もそれを追いかける。

「カカカカッ、もう遅い。オマエたちの拠点から出れば、《思念通信《リークス》》も使い放題だぁっ！」

「させませんっ！　そのようなことはっ!!」

愉快千万といった顔で階段を駆け上がるエールドメード。それを必死の形相で追いかけるベルンたち。

じりじりと追い上げていくも、それより早く熾死王が外へ出た。

彼は《思念通信《リークス》》の魔法陣を描く。

その瞬間――

「《騒音歌唱通信妨害《ベルネッツツエオ》》――――――――――――ッ♪♪♪」

大声量で歌い上げるように、ベルンが魔法を唱えた。

《思念通信《リークス》》を妨害するものだろう。それが響いている限り、半径数キロ範囲では、その騒音に邪魔され思うように声を届けられぬ。

「残念でしたね。《思念通信《リークス》》な、ど――え……？」

ベルンの目が点になる。

神剣ロードユイエが彼ら三人の体に突き刺さっていた。《騒音歌唱通信妨害《ベルネッツエオ》》にて、彼らが《思念通信《リークス》》を防ぐことに意識を傾け、守りが疎《おろそ》かになった瞬間に通したのだ。

「……がっ……はっ……」

血を吐き出し、がっくりとベルンたちは膝をつく。

「肺が潰れれば、歌唱魔法も使えないのではないか？　ん？」

熾死王は至近距離まで近づくと、ベルンの顔をねっとりと舐《な》めるように凝視した。

ぱくぱく、と奴《やつ》は口を動かし、掠《かす》れた声で言う。

「貴……様…………」

「居残り。見張っていたまえ」

外で待機していたナーヤが彼のそばまで歩いてきていた。肩にはトモグイが乗っており、隣にはジェル犬ギリシリスがいる。

「は、はいっ……！」

熾死王は引き返して、階段を下りていく。

地下劇場の舞台にはアルカナが立っていた。すでにイリヤたちの拘束は解かれている。最初から熾死王がベルンたちを引きつけた隙に救出する算段だったのだ。

「どうかね？」

「吟遊世界の眠りの魔法は特殊。夢の中に入って起こすしかない」

アルカナはそう答えた。夢の番神リエノ・ガ・ロアズの力を使えば、目覚めさせること自体は可能だろう。

しかし――

「最終神選には間に合わない。吟遊宗主にこのことを話して、最終神選のやり直しができないだろうか？」

「試してみてもいいがね。リンファの不戦勝に賭けよう」

シータはこのことを知らぬだろう。だが、蒼花歌唱隊の犯行であることは覆《くつがえ》せぬ。事実を伝えれば、やり直しが公平という結論にはなるまい。

シータが辞退することも十分に考えられる。そのような結末を、果たしてリンファが望むかは疑問だ。

「一人では……」

「リンファに勝ってほしいのかね？」

「主犯のベルンは捕らえた。どちらが勝っても、わたしたちは新たな吟遊宗主に頼むだけ」

そう言いながらも、アルカナには思うところがある様子だ。

「それでも、これは彼女たちの約束に決着をつける舞台。願わくば、なんの引け目もなく歌わせてあげたかったとわたしは思っているのだろう」

「どのみち、あの四人と一緒では勝ち目が薄いがね」

不思議そうにアルカナは熾死王を見た。

「なぜだろうか？」

「リンファの歌がどれほどのものでも、実はあまり関係がないのだ。シータの実力が元首にたるものならば、結局最後は一人で歌っているアイツを選ぶ。吟遊宗主には一人でなるのだから。

これはそういう勝負だったのだ」

吟遊神選は、ただ歌を競い合うだけではない。世界元首を決めるための舞台だ。五人で歌っているリンファと一人で歌っているシータ。ルール上は問題がないといえども、有事の際どちらに任せられるか、と考えれば自《おの》ずと結論は出る。

結局のところ、器霊族と唱霊族の差は、どこまでも彼女について回る。

「いやいや、つまりだ。リンファは万に一つのチャンスを得た。図らずとも。いいや」

熾死王は思い直したように首を振る。

「ウィスプウェンズの主神が歌なのだとすれば、ソイツがこの状況に導いたとも考えられる」

ニヤリと笑いながら彼は言った。

「この最終神選で、彼女に一人で歌わせるために」

§27. 【待望】

王宮まで続く一本道には、延々と桃の木が立ち並ぶ。その道を挟んで、大きな舞台が二つあった。並木道の式場と呼ばれる場所である。白塗りされた木材で組まれた舞台の上に花びらが降り積もり、鮮やかな桃色に染まっていた。

上手《かみて》の舞台に立つのは蒼《あお》い花の少女、シータである。

彼女は俯《うつむ》き加減で、手をきゅっと握りしめていた。静かな大気が漂う中、長い黒髪が小刻みに揺れる。シータは震えている。

隣の舞台には来るはずだった彼女の友人、リンファの姿がない。それどころか、赤聖歌唱団の誰一人として、未《いま》だ姿を現《あら》わさなかった。

彼女はかつて、エレンに語ったことがある。蒼花歌唱隊はきっと悪いこともいっぱいしてる、と。ベルンが暗躍していることに薄々と勘づいていたのだろう。それでも、確証を得るには至らなかった。にもかかわらず、仲間を疑うことなどあってはならないと思っていたのやもしれぬ。

しかし、この最終神選の場にリンファたちがやって来ない理由と結びつけるには十分すぎる疑念だ。

シータの胸中は如何《いか》なるものか。幼き日に交わした、果たせなかったはずの約束。けれども、それを果たすためにリンファは吟遊神選にやってきた。

そして、その実力で最終神選の舞台に上がる権利を勝ち取ったのだ。

昔と変わらない、力強い歌声で。昔よりも、遥《はる》かに成長した姿で、リンファは素晴らしい仲間たちを引き連れてやってきた。

その夢を、もしかしたら蒼花歌唱隊が卑怯《ひきょう》な手段で奪ってしまったのかもしれない。あるいは、そんな不安が彼女の胸に渦巻いている。

『――赤聖歌唱団リンファ候補者が最終神選の舞台に現れません。定刻はすでに大幅に過ぎております』

並木道の式場、そしてウィスプウェンズ全土に《思念通信《リークス》》が響いた。

『前例に則《のっと》り、リンファ候補者を棄権と判断します。よって、最終神選にて選ばれましたのは、蒼花歌唱隊シータ候補者となります』

一瞬のざわめきが聞こえたその直後だ。

大きく歓声が上がった。蒼花歌唱隊の支持者たちだろう。最終神選を見るため、並木道の式場に集まった彼らは皆、シータの勝利に盛り上がっている。

「待って！」

大歓声をかき消すように、その声は世界中に響き渡る。口にしたのは他でもない、勝者たるシータだった。

「リンファは必ず来る。だから、それまで待って」

自らの支持者たちへ、そして吟遊神選の進行役へ、彼女はそう訴えた。

『すでに取り決めよりも長く待ちました。これ以上の遅滞は、神詩ロドウェルへの非礼となるため、承服できません。吟遊神選を滞りなく進めることも、候補者として必要な作法。如何《いか》なる理由があれど、彼女はそれを成せませんでした。あなたが選ばれたのです』

「……選ばれてなんかいない……」

呟《つぶや》くように、シータが言う。

「誰も納得しないよ。みんな聴いたでしょ、リンファの歌を。彼女と歌い合って、彼女に勝たなきゃ、選ばれたなんて思えない。吟遊宗主はウィスプウェンズで一番の歌い手のことなんだから」

毅然《きぜん》とした声で彼女は訴える。

まるで歌のようなその調べは、シータの想《おも》いを聴く者へと伝える。

『吟遊宗主にはしかるべき作法も必要です』

「少し遅れたぐらいで、なにが作法なの」

民たちがぎょっとする。

それは神聖なる吟遊神選を貶《おとし》める言葉だ。これから吟遊宗主になろうという者が口にしていいことではない。

『シータ。言葉は柔らかく、敬意をお持ちください』

「じゃ、君たちは、リンファに敬意を持ったことがあるの？」

そこに集まった民たちへ。そして、世界中の吟遊詩人へ彼女は告げた。

「リンファは器霊族だってだけで、吟遊詩人になれない。彼女が表舞台に立てるのは、この吟遊神選だけ。生涯で一回だけ」

一度選ばれなかった者は、二度と吟遊神選に立候補することができないのだろう。リンファに次はない。ゆえに、シータは頑として引かなかった。

「リンファに与えられたチャンスは、たったの一回。それでも、彼女は文句も、泣き言も言わずに、その一回にすべてを懸けてきた」

まっすぐ前を向いて、シータは言う。

「わたしたちが奪ったんだよ。彼女から。吟遊詩人になるチャンスを。表舞台で歌うチャンスを。それでも、リンファは諦めず、歌い続けてきた」

それがどれほどの苦難の道だったか。シータにはわかったのかもしれない。瞳に涙を溜《た》めながら、彼女は力強く訴えた。理不尽に激しく怒りを燃やしながら。

「少しぐらい返してあげてもいいでしょ。これはたった一回しかないチャンスの中、リンファが実力で勝ち取った舞台だよ」

並木道の式場は静まり返っていた。

庭園劇場やウィスプウェンズ全土でもそれは同じだっただろう。

皆、彼女の言葉に耳を傾けている。黙っていれば世界元首になれる機会を放棄してまで、シータはすべての民へと語りかけている。

リズムもメロディもない。けれども、それは確かに詩《うた》だったのだ。

「わたしは……」

シータは言う。

「だって……わたしは……ずっと……」

涙の雫《しずく》がこぼれ落ち、桃の花びらを優しく濡《ぬ》らす。

「ずっと、待ってた。いつか、リンファと歌える日を。誰よりも熱い歌を歌う、わたしの大好きな吟遊詩人が、嫌なことをぜんぶ歌い飛ばして、わたしの目の前にやってくるのを。ずっと、待ってたんだっ！」

それは叶《かな》わぬ夢のはずだった。

だから、彼女は願わぬようにしてきたのだろう。それでも、心のどこかに一縷《いちる》の望みがあったのだ。リンファならば、もしかしたら、と。

シータの願いに、言葉を返す者はいなかった。

わかった、とは言えない。

なにか口にするとすれば、それでもやはり、吟遊神選の定めに則《のっと》らなければならないという他あるまい。

それを告げたくはないからこそ、皆黙っていたのだ。

ゆえに、一人だけだ。彼女に声をかけられる存在は。

「ほら」

その声に目を見開き、シータの気持ちが顔に溢《あふ》れ出《だ》す。

「やっぱ待ってたんじゃん」

下手の舞台に人影が現れる。

特徴的なお団子ヘアにささった赤い花。赤聖歌唱団のリンファは、得意満面といった表情でシータに視線を向けていた。

シータの声はウィスプウェンズ全土に響いていたのだ。最初からずっとリンファにも聞こえていただろう。

「リンファ……」

僅かに笑みを浮かべようとして、シータは彼女が一人だということに気がついた。

リンファの衣装は、所々破れている。

まるで、何者かに襲われたと言わんばかりに。

「イリヤさんたちは……？」

「第二神選でだいぶ無理したから、倒れちゃって。それで遅くなった」

それが嘘《うそ》だということぐらい、シータにわからぬはずもない。それでも、なんの心配もないというようにリンファは笑った。

「シータ」

彼女は言う。人懐《ひとなつ》っこく、親しげに、まるで幼き日に過ごした友のように。

「待たせてごめん」

その一言で、シータの表情が泣き笑いに変わった。顔を上げ、昔を思い出すように彼女は言った。

「早く歌おうよ。みんな、わたしたちを待ってる」

二つの視線が交差して、リンファとシータは同時に振り返った。

両者は舞台の中央に立った。

祝福するように暖かな風が通り過ぎていき、桃の花びらが舞う。

ずっと追いかけてきたリンファ。

ずっと待っていたシータ。

二人が願った夢の舞台。

選ばれるのは、一人だけ。

最終神選の幕が開く——

§28.【最終神選】

――ずっと雲の上を見上げていた。

《吟遊演奏《ラーシア》》の魔法が奏《かな》でる伴奏に乗せ、リンファは思いきり歌い上げた。情熱を叩《たた》きつけるようなその歌声は、これまでよりも遥《はる》かに遠く、雲の向こう側にまで響き渡る。

器霊族とは思えないほどの大声量、声帯のハンデなど物ともしないその歌は、ウィスプウェンズ全土に届いていた。

――旅立ちの日に、見送った背中はどこまでも遠く、

――あたしにはもう見えないけれど、

――あなたの歌だけが聞こえるよ。

――綺麗《きれい》な宝石が、雨のように降り注ぐ。

――ひとりぼっちの背中が見えた気がした。

――ここにきて。一緒に歌おう。

――あなたがそう言っている気がした。

リンファが初めて歌ったその曲は、古き友へ宛てたものだった。この最終神選の舞台が一番相応《ふさわ》しいと、これまでは歌うことがなかったのだろう。

優しく語りかけるような声は切なげで、けれども彼女の魂には燃えたぎるような熱さが渦巻いている。抑えても抑えても溢《あふ》れ出《だ》しそうなほどの想《おも》いが、声を通して広がっていく。その歌は人々の心を沸き立たせ、庭園劇場のスクリーンが大きくリンファを映し出す。

吟遊世界ウィスプウェンズの序列一位に君臨する歌姫シータ・メルンを前にして、一歩も引かず、リンファはその実力をまざまざと見せつける。

けれども、シータに焦《あせ》りはない。

彼女はいつものようにすました顔で、しかしいつもとは違い、笑っていた。歌姫と呼ばれた彼女にとっても、今日この瞬間は二度とない特別な舞台だった。

——小さな歌声が、ずっと耳から離れない。

同じく《吟遊演奏《ラーシア》》の魔法で音楽を奏《かな》でながら、唱霊族の歌姫らしく、シータは力強く歌い上げた。

ウィスプウェンズ中に響き渡り、なおも力強く、世界から飛び出してしまいそうなほどの歌声は、キラキラと輝く宝石のように、どこまでも人々を魅了して止《や》まない。

——別れの日に、忘れた約束はいつまでも熱く、

——わたしにはもう果たせないけれど、

——君の歌だけが聞こえるよ。

――苛烈な情熱が、胸の奥に火を付けた。

――挑み続ける背中が見えた気がした。

――ここにきて。一緒に歌おう。

――呪いが口からこぼれ落ちそう。

シータが披露したのも、これまで彼女が歌ったことのない歌であった。

それはまるでリンファへの返歌のようで、打ち合わせなどする由《よし》もなかった彼女たちは、けれども、それが当然の如《ごと》く、お互いへの憧れを歌っていた。

より心に響く歌だけが、耳に聞こえるというウィスプウェンズの秩序。それに従い、シータとリンファの歌は交互に入れ替わるようにして、人々に届けられた。

しかし、なぜか、吟遊神選で雌雄を決しようとしている二人の歌が、まるで一曲の歌かのように聞こえてくる。

――わたしの約束が、君を傷つけていく。

――世界中に届かなくても、その歌は素敵だったのに。

――彼女の約束が、あたしを強くしていく。

――世界中に届かなくちゃ、その隣に立てないから。

――わたしがついたひどい嘘《うそ》。それでも、あの歌を守りたかった。

――彼女がくれた優しい嘘《うそ》。それでも、あの歌に迫りたかった。

――待っているだけじゃ、奇跡は起こらない。

――待っていてくれるなら、そんな奇跡はない。

――ありったけの勇気を振り絞って、

――ありったけの勇気を振り絞って、

――いつか聴いた、憧れの歌姫の歌を歌おう。


熱狂が高まっていく。

シータはリンファのように情熱的に、リンファはシータのように荘厳《そうごん》に、二人の歌が重なり、交わり、一つになっていく。庭園劇場のスクリーンは、優劣がつけられないとばかりに両者を同じ大きさで映し出している。

このままずっと二人の歌を聴いていたい。

一音さえ逃すまいとじっと耳をすましている人々の心が、伝わってくるような気さえした。

リンファは弾《はじ》けるような笑顔で。

シータもまた穏やかに笑っていた。

まさしくここは天上の楽園、吟遊世界ウィスプウェンズが作り出す夢の舞台だ。

それでも、すべての物事に終わりは来る。どんなに素晴らしい舞台も、永遠に続くことは決してないのだ。

そして、その幕切れは、ある意味、当たり前のものだったのかもしれない。

鳴り響いていた《吟遊演奏《ラーシア》》が、ぷつりと途絶えた。時が止まったような舞台の上で、はっと振り向いたのはシータだ。

つい数瞬前までは笑顔で歌っていたリンファが血を吐いて前のめりに倒れていく。

彼女が舞台に体を打ちつける音が、ひどくゆっくりと耳に響いた。

「……リンファッ…………！！」

顔を青ざめさせて、シータが叫ぶ。彼女の《吟遊演奏《ラーシア》》も止まり、静寂がその場を、そしてウィスプウェンズ全土を支配していた。

「……ご、めん……」

見る影もないほど掠《かす》れた声で、リンファは言った。

「……あたし、もう歌えないや……」

そう、当たり前のことだったのだ。

器霊族であるリンファは、その特殊な声帯から歌を歌うのには適していない。彼女が世界中に声を届けるには、自らの限界を超えねばならぬ。そして、それは確実に彼女の喉に負担を蓄積する。

《狂愛域《ガルド・アスク》》と《合声拡唱法《ラナ・シーア》》が使えないのであれば、なおのことだ。だからこそ、あの別れの日、シータは約束を忘れるように言ったのだ。

彼女が二度と歌えなくなってしまわないように。

「……今日ぐらいは、勝てると思ったのになぁ……やっぱり、シータはすごいね。ずっと、あたしが憧れてた、最高の歌姫だ」

魔力を使い果たし、根源を限界ぎりぎりまで削ったリンファは、すでに起き上がれるような状態ではない。

舞台に伏したまま、それでも懸命にリンファは勝者を褒《ほ》め称《たた》える。

「……おめでとう。それから……」

息を呑《の》むシータに、リンファは優しく笑いかけた。

「ありがとう」

感謝の言葉に、シータは唇を噛《か》んだ。

「歌って、シータ。新しい吟遊宗主の歌を、特等席で聴かせてよ」

この舞台に立ったときから、覚悟の上だった。すべて承知しながら、リンファはここにやってきたのだ。

シータは、それでも彼女なら乗り越えると思っていたのだろう。

奇跡を起こし、ここまでやってきたリンファが、最後にもう一つ現実を覆《くつがえ》すことを信じて疑わなかった。

だが、それは叶《かな》わなかった。

夢の舞台から一転して、唐突に突きつけられた現実に、シータは思考が追いついていない。

それを察してか、彼女の背中を押すようにリンファは『歌って』と言ったのだ。

リンファが歌えない以上、シータが続きを歌えば、最終神選はそれで決着する。

シータが新たな吟遊宗主に選ばれるのだ。

しかし――

風が吹き、木々の枝から桃の花が舞い上がる。ゆっくりとそれが地上に降りてきて、舞台の上に落ちようとも、シータが口を開くことはなかった。

彼女は、じっと俯《うつむ》いたままだ。

「シータ？」

「……できない……」

ぽつりとシータが呟《つぶや》く。

「歌えない。わたしは、ただ歌が好きなだけで、ウィスプウェンズのことなんか、考えたこともなかった。リンファは違う。器霊族だから苦労して、それでも頑張って、この世界を変えるためにここまでやってきた」

彼女は体面を取り繕うことなく、ありのままの想《おも》いをそこにぶつける。

「わたしは思いつきもしなかった。吟遊宗主に選ばれたなら、リンファが吟遊詩人になれるようにウィスプウェンズを変えればいいだけだったのに、そんなことさえ……」

人それぞれに器はある。

外から見れば簡単なことも、実際に当事者ともなればそううまくはいかぬ。彼女は肩にのしかかる責任の重さに耐えるのに精一杯だったのだろう。

「わたしは相応《ふさわ》しくない。わたしが勝ったのは、わたしが唱霊族だっただけ。唱霊族に有利なルールだっただけ。本当に相応《ふさわ》しいのはリンファだよ」

「待っててくれたじゃん」

掠《かす》れた声で、リンファは言う。

「吟遊神選の取り決めを無視して、シータは待っててくれた」

「……それは、わたしの、ただのわがまま……」

「それでいいんだよ。わがままでいいじゃん。きっと、みんなシータのわがままについていきたいって思ってる」

「そんなこと、どうしてわかるの？」

「だって、わたしがそうだもん」

リンファがあっけらかんと笑う。

「難しく考えることないよ。あたしたちの吟遊宗主は、歌が一番上手《うま》くて、歌が一番好きな人がなるんだ。それって最高じゃん」

リンファの言葉に、シータは息を呑《の》む。数秒の沈黙の後、彼女は口を開いた。

「……じゃ、難しく考えずに言う」

シータは覚悟を決めたといった表情でそう告げた。

「赤星歌唱団の他のメンバーが来られなくなったのは、ベルンたちがなにかしたからでしょ」

返事はなく、リンファは目を見開く。

ここでそれを言われるとは予想外だったのだろう。その表情には、驚きがありありと滲《にじ》んでいた。

「やっぱり」

彼女の表情を見て、シータは確信する。

そうして、観客席に向き直った。

「今聞いた通り」

シータは言った。

歌うような綺麗《きれい》な声で、歌うようにウィスプウェンズ全土へ向けて――

「蒼花歌唱隊は吟遊神選を汚した。わたしは吟遊宗主に相応《ふさわ》しくない」

§29. 【その舞台に立つ歌姫は】

重たい告白は、ざわめきを呼び込む。その音は並木道の式場からみるみる波及し、首都シェルケーからウィスプウェンズ中に広がっていく。

吟遊宗主に選ばれるはずだった少女が打ち明けたのは、神聖なる舞台を冒瀆《ぼうとく》する行為だ。シータを祝福するつもりでいた民たちは、皆一様に戸惑いの表情を浮かべている。ウィスプウェンズの行く末に一抹の不安を覚えたからに他ならぬだろう。

過《あやま》ちを犯した蒼花歌唱隊。その座長であるシータが吟遊宗主に選ばれることは決して歓迎できることとは言えまい。

だからといって、これ以上歌うことのできないリンファを選ぶのが正しいとも言えぬ。

どちらを選んだところで、しこりが残るだろう。民の誰もが納得する元首はいないのだ。先の見えない不穏なる空気が、ただただ吟遊世界に膨れ上がっていく。

訴えるようにリンファは、彼女の歌姫を見上げた。

今ならまだ間に合うかもしれない。なにも知らなかったのだと言えば、取り返しもつく。そんな風に思ったのやもしれぬ。

まっすぐな瞳でリンファは語りかけるが、しかしシータは彼女から視線を逸《そ》らし、俯《うつむ》いたままだ。

撤回するつもりはない。誤解を解くつもりもない。自分は吟遊宗主には相応《ふさわ》しくない。最初から、世界元首になどなりたくはないのだと彼女の全身がそう語っていた。

リンファはもう歌えない。

シータも歌うつもりはない。

だとすれば、新たな吟遊宗主に選ばれる者はいまい。順当に考えれば、エルムがこのまま続けることになるだろう。だが彼女とて、民の信頼を得られなかったからこそ、今回の吟遊神選を開いたのだ。

その不満が再熱することは避けようもない。ゆえに、ウィスプウェンズは揺らいでいた。世界が静かに傾いていくような、歌のない時間が長く、長く、ひたすらに長く続いた。

ふと——音が響いた。

ウィスプウェンズの住人たちは、自然とその音に耳を傾ける。

それは彼らが聞いたことのない、違う世界の音楽だった。

――この広い銀の海で、二人は巡り会った。

――人種も文化も生き方も、なにもかも違う。

――正しいのはどちら？　問いは空《むな》しくて。

――譲れない信念だけが、互いを傷つけ合う海の底で。

――変えられないと思っていたこの世界を、

――丸ごとひっくり返してやれ。


観客席で歌っているのは、式典用のローブを羽織った魔王聖歌隊の八人。

《狂愛域《ガルド・アスク》》の光がその場を覆い尽くし、愛に溢《あふ》れた彼女たちの声は、吟遊世界の秩序に従い、ウィスプウェンズ全土に響き渡る。

エレンはまっすぐリンファを見つめた。

歌って、と彼女の心が歌を通して伝わってくる。

その歌声に貫かれたように、リンファははっとする。

そうして、魔力が尽き、根源さえも痛めたその体に精一杯鞭《むち》を打ち、よろよろとその場に立ち上がった。

彼女は歌う。

傷ついた喉で、見る影もないひどく弱々しい声で。


――争いは無意味だと綺麗事《きれいごと》は言えない。

――けれど、違う未来もあったと信じたい。

――選べなかった『もしも』が、

――二人の前に目映《まばゆ》く輝くなら、

――過ぎた過去を幾度やり直してでも、

――今すぐつかみ取ってやれ。


エレンがリンファに教えた魔王賛美歌第十番『ともに』。

痛みに耐えながら歌うその歌は、最早《もはや》、式場の観客席にすら届くことはない。それでも、隣の舞台には――

シータの耳には確かに聞こえていた。

ひどく小さく、掠《かす》れたその歌は、けれども先程以上に胸を打つ。命を削り、鬼気迫るリンファは、今にも燃え尽きる彗星《すいせい》のように輝いていた。

それが本当の意味でわかったのは、シータだけだったのかもしれない。

だから、彼女もともに歌う。

エレンからもらった楽譜に載せられた、遠い世界の歌を。


――ともに隣を歩きたかった。

――ともに勝利を笑いたかった。

――正しき道を歩いてきたのに、

――辿《たど》り着《つ》いた場所は間違いだらけで、
――見えなかったもう一つの道があるなら、
――どれほどの罰がこの身を焼こうとも、
――笑い合いながらともに歩いていく。

上手《かみて》と下手《しもて》、笑い合いながら、リンファとシータは互いのもとへ近づいていく。

二人の間は、王宮へ続く長い道に隔てられていて、どこまで寄り添おうとしても、それ以上は交わらないはずだった。

しかし――

リンファもシータも迷いなく、そこへ足を踏み出した。新たな吟遊宗主を選ぶための最終神選。二人は同時にその神聖なる舞台から下りて、道の中央へと歩み寄る。

ふいにリンファの歌が止まった。

彼女は口元を手で押さえ、体をぐらつかせた。そのまま倒れるというところで、細い指先がそっと肩を支えた。

シータだ。

彼女は微笑《ほほえ》みかけ、そして、《合声拡唱法《ラナ・シーア》》の魔法を使う。

ウィスプウェンズ序列一位の吟遊詩人。その魔力は凄《すさ》まじく、二人で合わせた歌声は軽々と世界に響き渡った。

なによりも力強く、なによりも情熱的に、そしてなによりもキラキラと輝く歌。それはこの世界のどこかにいる主神に向けられていた。

神詩ロドウェルへ。

シータはリンファの体を支え、リンファはシータの心を支える。

これが、自分たちの選んだ答えだと。これが、ウィスプウェンズの進むべき道だと。天上の神へと、二人は挑むように堂々と歌い上げる。

そのとき、風が吹いた。

熱い風が大気をかき混ぜ、並木道一帯の桃の花びらが一斉に空へと舞い上がっていく。

目映《まばゆ》い光がさした。それはリンファとシータに降り注ぎ、そして二人の道を照らしている。

王宮へと続く道を。

二人は顔を見合わせ、うなずき合う。

「大丈夫?」

「だめでも、いくしかないじゃん」

手をつないで、シータとリンファはその道を駆け上がっていく。目映《まばゆ》い光が降り注ぎ、花びらが無数に舞い散る中、二人は懸命に走った。

そうして、辿《たど》り着いたのは庭園劇場。

沢山の観客たちが、シータとリンファを畏敬の念で見守っている。なぜなら、それは、ウィスプウェンズでは起こるはずのない出来事だったからだろう。

舞台の上には、現吟遊宗主のエルムが立っている。

彼女は走ってきた二人を見つめ、柔らかく笑った。

ようやく肩の荷が下りた。そう言っているかのようだった。エルムは静かに舞台を下りる。

そして、脇に移動し、シータとリンファに道を譲るように頭を下げた。

二人はそのまま庭園劇場の舞台に上がる。

「一緒に歌おう」

「みんなで一緒に」

そう声をかけて、二人の歌姫は歌を歌った。

それは新たなウィスプウェンズの始まりを告げる歌だ――


――この広い銀の海で、二人は巡り会った。

――人種も文化も生き方も、なにもかも違う。

――正しいのはどちら？　問いは空《むな》しくて。

――譲れない信念だけが、互いを傷つけ合う海の底で。

――変えられないと思っていたこの世界を、

――丸ごとひっくり返してやれ。


――争いは無意味だと綺麗事《きれいごと》は言えない。

――けれど、違う未来もあったと信じたい。

――選べなかった『もしも』が、

――二人の前に目映《まばゆ》く輝くなら、

――過ぎた過去を幾度やり直してでも、

――今すぐつかみ取ってやれ。


――ともに隣を歩きたかった。

――ともに勝利を笑いたかった。

――正しき道を歩いてきたのに、

――辿《たど》り着《つ》いた場所は間違いだらけで、

――見えなかったもう一つの道があるなら、

――どれほどの罰がこの身を焼こうとも、

――笑い合いながらともに歩いていく。


あの約束の日から、一一年。

ずっと追いかけてきたリンファ。

ずっと待っていたシータ。

二人が願った夢の舞台。

選ばれるのは、ただ一人だけ。

そのはずだった。

そう決まっていたはずだった。この世界のルールでは、決してその歌が交わることはないはずだった。

けれども、そう、違ったのだ。二人はその歌で未来を変えた。

今日、ここに――神詩ロドウェルに導かれ、吟遊世界ウィスプウェンズの新たな元首、二人の吟遊宗主が誕生したのだった。

§30. 【軍艦強奪】

第六エレネシア。中央飛行場。

広大な敷地《しきち》に軍艦がいくつも停泊している。どの区画にも軍人たちが配備されており、蟻《あり》の子一匹通さぬといった布陣で魔眼《めめ》を光らせている。

南側の建物から出てきた人々が軍人に誘導され、一隻の軍艦へと入っていくのが見えた。

この銀泡に一時滞在している他世界の住人である。

第六エレネシアの住人は一人とていない。ボイジャーの話では彼らはこの銀泡から外に出てはならぬ規律だそうだ。

ともあれ、あの船は恐らく第一エレネシア行きの便であろう。隣に同じ型の軍艦がもう一隻ある。そちらはまだ乗船が始まっていない。

「――腑《ふ》に落ちぬ」

中央飛行場より北側――といっても近場ではない。街を一つ挟んだ距離、遥《はる》か上空より俺は第一エレネシア行きの軍艦に魔眼《め》を向けていた。

「なにが？」

隣に浮かんでいるコーストリアが俺の仮面に一瞬ちらりと視線を向けた。しかし、あまり興味があるといった風でもない。

「老人ばかりを第六エレネシアに集める理由など、そうそうあるまい」

「知らない。あいつら魔軍族《まぐんぞく》は規律が好きだし、特に理由なんてないんじゃない」

投げやりな答えが返ってくる。

そういう文化の世界と言われれば、それまでだがな。

「魔弾世界のことは詳しくないが、要は世界が軍団なのだろう。単なる慣習とは思えぬがな」

「老兵は戦力にならないからでしょ」

「弱き者をわざわざ一箇所に集めるのか？」

エレネシアが所有する他の銀泡で、穏やかに過ごすこともできよう。

隔離する理由はなんだ？

「……まあよい。まずはあの船を押さえる」

「樹海船で行かないの？　レジスタンスだって船は持ってるでしょ」

無言で彼女を見てやれば、ムッとしたようにコーストリアは瞳を開いた。無機質な義眼が、雄弁に苛立《いらだ》ちを物語っている。

「言いたいことあるなら言って」

「ボイジャーの説明を聞いていなかったな」

「退屈だっただけ」

「言い訳になっておらぬ」

不服そうに、コーストリアは俺を睨《にら》んでくる。

「正規の便でなければ、撃墜されるそうだ」

「君を？　私を？」

好戦的な笑みをたたえ、コーストリアが言った。できるものならやってみろ、とでも考えているのだろう。

「こちらの目的が《銀界魔弾《ソネイド》》と気がつかれるやもしれぬ」

「隠されたら面倒ってこと？」

「ゆえに潜入する。あの船を制圧するのは容易《たやす》い。だが、それを知られれば、大提督ジジに報告がいくだろう。事を荒立てるなと言うつもりはないが、機を見ねばならぬ」

「で？」

どうするの、と言わんばかりに彼女は短く尋ねてきた。

飛行場に視線を向け、俺は説明する。

「あの一帯は結界に覆われている。《転移《ガトム》》も使えず、中へ入るには関所を通らねばならぬ」

「ああ、だから、私を連れてきたんだ」

納得したようにコーストリアが言う。

「その通りだ」

と、《創造建築《アイリス》》の魔法で仮面をつけた人形を作った。

「これと同じものをボイジャーがあの軍船の貨物に仕込んでいるはずだ」

話を聞くなり、コーストリアが目を閉じた小さな人形を俺に放り投げてきた。右手でそれを受け取った瞬間、彼女は魔法陣を描いた。

「私の分、残しといて」

そう言いながら、コーストリアが《災禍相似入替《バシユッツ》》の魔法を使う。

滅びの獅子《しし》の魔力が目の前を黒緑に染めた次の瞬間、ぱっと視界が切り替わった。

木箱の中だ。周囲には多くの小物が入れられている。蓋を開け、外を確認すると、貨物室であった。

ここに仕込んだ人形と俺が《災禍相似入替《バシユッツ》》で入れ替わったのだ。ボイジャーからもらった船の見取り図の記憶を頼りに、その足で堂々と向かった先は操舵室《そうだ》である。

扉を開けば、中にいた艦長ら乗員がこちらを振り向いた。

「てっ……敵しゅ――がぁ……‼」

一足飛びに間合いを詰め、《二律影踏《ダグダラ》》にて影を踏む。いち早く状況を把握した艦長は、その場に脆《もろ》くも崩れ落ちた。

すぐに奴《やつ》らは俺を包囲した。

「き、貴様――があっ……‼」

魔法陣の銃口を構えた兵は、その視界から俺を見失う。と、同時に土手っ腹に黒き拳がめり込んでいた。

そのついでとばかりに残り全員の影を踏み、《二律影踏《ダグダラ》》にて昏倒《こんとう》させた。

「こんなところか」

と、コーストリアからもらった人形を放り投げる。瞬間、《災禍相似入替《バシユッツ》》にて入れ替わり、目の前にコーストリアが現れた。

「ちょっと」

伏している軍人たちを見て、彼女は険のある表情を見せた。

「残しといてって言った」

「後始末はお前の仕事だ」

「なにそれ。面倒なことばかり残して」

不平を口にしながらも、コーストリアは《災禍相似入替《バシユッツ》》で次々と倒れた軍人たちを飛ばしていく。代わりに小さな人形が操舵室《そうだ》に現れた。

「結界内に入れ替えてるから、二、三日は出られないんじゃない」

この飛行場より遠く離れた場所に結界を張り、魔軍族に相似した人形を事前に仕込んでおいたのだろう。《災禍相似入替《バシユッツ》》にて入れ替えられた彼らが目を覚ませば、結界の中というわけだ。

『ボイジャー。艦内に張られた《転移《ガトム》》の反魔法を解除した。直接来い』

そう《思念通信《リークス》》を飛ばす。

すると、目の前に魔法陣が描かれる。現れたのはボイジャーと、文人族の兵たち――レジスタンスである。

「さすがは二律僭主《にりつせんしゅ》とアーツェノンの滅びの獅子《しし》。見事な手並みだ」

「出航はいつだ？」

「もう一時間ほどだ。第一エレネシアへ降りるまでは任せてくれ」

軍艦の操縦も飛行場とのやりとりも、魔弾世界の住人でなければ難しい。元々潜入するつもりだったのなら、その準備もしているだろう。

「着くまで自由にしていいの？」

コーストリアがそう訊《き》いてくる。

「こちらの二号機は貨物用だ。乗客は乗らない。安心してくつろいでくれ」

コーストリアの機嫌を損なわぬようボイジャーは丁重に説明した。

「君には訊《き》いてない」

冷たい声音で、彼女が言う。

ボイジャーは恐縮したような顔で、俺を見た。

「乗客にバレると厄介だ。お前は操舵室《そうだ》で大人しくしていろ」

「はぁっ⁉」

俺は操舵室《そうだ》を後にする。コーストリアがついてきた。

「今、いないって！　乗客はいないんでしょ。ふざけないで！」

「人の話を聞かぬから騙《だま》される」

「騙《だま》されてないっ」

「ボイジャーのおかげだな。礼を言っておけ」

それがかんに障《さわ》ったか、コーストリアは日傘を突き出してくる。俺はそれを軽く受け止め、持ち上げた。

ふわり、とコーストリアの体が浮いた。俺がそのまま歩いていくと、恨み言が飛んでくる。

「指図しないでっ。死んじゃえ」

日傘にぶら下がる格好で、なんとも可愛《かわい》らしいものだ。

「滅るものでもあるまい」

「君が答えないから悪いっ」

「ほう。俺と話がしたかったか？」

「そうは言ってな――」

なにか気がついたようにコーストリアは振り向く。

そこにいたのはレジスタンスの兵たち。それから魔軍族でも、文人族でもない別の世界の住人たちだ。ミーシャ、サーシャ、イージェスである。

「どうした？　知り合いでもいたか？」

「別に」

コーストリアは日傘から手を放し、ストンと床に降りる。

「文人族はずいぶん色んな世界から協力を得てると思っただけ」

「アーツェノンの滅びの獅子《しし》がいることほどの不自然はあるまい」

「うるさい」

コーストリアは俺を追い越し、大股で歩いていく。

ミーシャが小首をかしげ、俺に目で語りかけてくる。「大変？」と訊《き》いているようだった。

俺はくるりと踵《きびす》を返《かえ》し、コーストリアとは逆方向へ歩き出す。すると、それに気がついた彼女は大急ぎで戻ってきた。

「返してっ、傘」

「今のはミリティアの連中だな」

日傘を手にしたまま、俺は何食わぬ調子で言った。

「知ってるの？」

コーストリアの声には、僅かな興味が見え隠れしている。

「以前、あそこの元首とやり合ったことがある」

嘘《うそ》は言っていない。

「……どうだったの？」

「俺の敵ではない」

嘘《うそ》は言っていない。

「いい気味」

と、コーストリアは暗い情動をあらわにする。

「それ、もっと聞かせてよ」

「ならば、少しは人の話に耳を貸せ」

「君の言うことならいいけど、他は嫌っ」

立ち止まり、俺はコーストリアの顔を覗《のぞ》き込《こ》む。

「覚えておけ、コーツェ。俺は嘘《うそ》をつかれるのが嫌いだ」

「ナーガ姉様じゃないんだから、私は嘘《うそ》はつかない」

コーストリアはムッとした表情を返してくる。

「ならば来い。第一エレネシアにつくまで、お前の話につき合ってやろう」

「最初からそう言えばいいのに」

俺が歩き出すと、コーストリアがついてくる。

その場から去る途中で、軽く後ろを振り向き、「こんなところだ」と視線を送った。

ミーシャがぱちぱちと瞬《まばた》きをしており、サーシャは「後が怖いわよ……」といった表情を浮かべている。

イージェスのため息が聞こえてきた。

§31.【本拠地強襲】

砲塔を彷彿《ほうふつ》とさせる銀泡だった。

世界の大半を占めるのは、途方もなく巨大な火山。その火口は果てしなく深く、底の知れぬ闇である。

時折、蒼《あお》い光がその暗黒の奥底にちらついた。火山の至る所に基地が建設され、長い砲塔は常に空へと向けられている。外敵を撃墜するためのものだろう。

魔弾世界エレネシア。

その第一銀泡に、俺たちを乗せた戦艦はゆっくりと降りていく。砲撃が来ないところから察するに、この船を奪ったことにはまだ勘づかれていないようだ。

「ボイジャー。創造神の居場所はわかるか？」

戦艦の操舵室《そうだ》にて、俺はボイジャーに問うた。

老兵は緊張した面持ちを崩さず、こちらに顔を向ける。

「いえ。主神以外の神族は、魔弾世界では滅多に姿を現《あら》わすことがないため」

にもかかわらず、創造神エレネシアは深淵《しんえん》総軍と行動をともにしている。先のイーヴェゼイノ襲来において、彼女が魔弾世界の船に乗っていたのは間違いあるまい。

《銀界魔弾《ソネイド》》に関係している可能性は高い。創造神エレネシアが乗っていたのは、ギーの戦艦だ。まずは奴《やつ》を捜すのが先決か。

「深淵《しんえん》総軍一番隊の居場所はどうだ？」

「それならば、あちらに」

魔法スクリーンに外の映像が映し出される。火山の火口だ。

「火山要塞デネブ。火口からつながる地下が、深淵《しんえん》総軍の本拠地なのだ」

ボイジャーがそう説明する。

「深淵《しんえん》総軍各隊は平時はそれぞれの格納庫付近にて待機している。一番隊は一番格納庫にいる」

魔弾世界では規律が重視される。予定外のことでも起こらなければそこから離れることはあるまい。

「大提督はどこだ？」

「最下層の司令室にいると言われているが、そこへの立ち入りが許可されるのは、深淵《しんえん》総軍の中でも一握りの幹部だけだ。さすがにデネブ地下基地の見取り図は入手できなかった」

「史聖文書と《塡魔弾倉》は、大提督が持っているのだったな？」

「確証があるわけではないが、恐らく……」

スクリーンに映る火口を見ながら、ボイジャーが答える。

「ふむ」

史聖文書を取り返さなければ、彼ら文人族——古書世界ゼオルムの悲願は果たせない。《塡魔弾倉》を手に入れねば、コーストリアの奴《やつ》がうるさいだろう。

「創造神エレネシアと大提督は分断しておきたいところだが、どちらも居場所がわからぬと来てはな」

「わかる」

ぽつりと言ったのはミーシャだった。

「わたしと同じ波長の秩序を感じる」

ミーシャはスクリーンに映し出されたデネブ地下基地を指さす。見取り図はないため、空白だが、間尺の目安ぐらいはある。大凡《おおよそ》地下二〇〇〇メートルの辺りか。

つまり、創造神エレネシアはここからでもミーシャにわかるほどの創造の秩序を使っているということか。

「創造神のことは任せて」

「媚《こ》びないで。いやらしい」

横からコーストリアが挑発するように言った。

ミーシャが呆気《あっけ》にとられたように無表情のままでいると、「お生憎様《あいにくさま》」とサーシャが代わりに返事をした。

「わたしたちは母に会いに来ただけ。男漁《あさ》りをしにきたわけじゃないわ。嫉妬深いケダモノと違ってね」

「ねえ」

コーストリアが義眼を開き、サーシャを睨《にら》みつけた。

「霊神人剣の使い手がいないくせに、なにその偉そうな態度？」

「あなたこそ言葉遣いに気をつけたらいかがかしら？　安い女だってバレるわよ」

「このっ‼」

軽く沸点を突破したコーストリアが、サーシャに日傘を突き出す――が、しかし、その手にはなにも握られていなかった。

「邪魔をするなら帰れ、コーツェ」

奪った日傘を手にしながら、俺は言った。

「先にあっちが――」

「聞こえなかったか？　俺の邪魔をするなと言っている」

そう魔力にて威圧してやれば、コーストリアが僅かにたじろぐ。この女はまるで獣のようだ。言葉が通じず、気に入らぬことがあれば襲いかかってくる。だが、力が強い相手にはそれなりに従順だ。

ミリティアの元首は別のようだがな。

「ケダモノでもよい。嚙《か》みつく相手を間違えるな」

不服そうに俺を睨《にら》んだ後、彼女は目を閉じてそっぽを向いた。

「お前もな」

そうサーシャに言ってやれば、「わたしもっ？」という顔で俺を見てきた。二《に》律《りつ》僭《せん》主《しゅ》を演じている以上、肩を持つわけにもいかぬ。

「妹を見習うことだ」

すると、コーストリアが「いい気味」と呟《つぶや》く。サーシャが不服そうに滅びの獅《し》子《し》を睨《にら》むが、歯を食いしばって俺に向き直った。

「……悪かったわ」

と、サーシャは矛を収めた。

「僭《せん》主《しゅ》。これ以上、滞空すれば怪しまれる。潜入の手《て》筈《はず》は？」

揉《も》め事《ごと》が一段落したところで、ボイジャーがそう切り出した。

「この船は爆破する」

「乗員は死んだと思わせると？」

思考を巡らしながらも、ボイジャーが問う。

「そうだ」

操《そう》舵《だ》室にいる文人族たちの緊張感がよりいっそう増した。

「俺とコーストリアが一気に地下基地を強襲する。最下層で暴れてやり、兵を引きつける。その間に置いてきた人形を《災禍相似入替《バシュッツ》》で、ミリティアの三人と入れ替える」

深淵《しんえん》総軍は賊の侵入に対処せざるを得ないだろうが、《銀界魔弾《ゾネイド》》の要が創造神ならば、彼女まで一緒に来ることはあるまい。

ミーシャとサーシャが母に会うお膳立てはできよう。

「お前たちは外で結界を張れ。大提督か主神、創造神が脱出するやもしれぬ」

ここが最も堅固な要塞ならば、逃げる可能性は少ないだろうがな。魔弾世界の本拠地だ。落とされるとは夢にも思うまい。

「帰りの船は？」

「格納庫で奪う。最悪、生身で飛ばしてやる」

覚悟を決めたように、ボイジャーたち文人族がうなずく。

「承知した」

「では、行くぞ」

俺は床に右手を向け、魔法陣を描く。

「《覇弾炎魔熾重砲《ドグダ・アズベダラ》》」

蒼《あお》き恒星を乱れ打つ。

魔弾世界の空にて、乗ってきた戦艦が派手に爆発した。そのまままっすぐ火口へ向かった《覇弾炎魔熾重砲《ドグダ・アズベダラ》》は、しかし張られた結界により阻《はば》まれた。

「ほう。さすがは大提督の要塞。頑丈だ」

「そんなの意味ない」

隣に浮くコーストリアが、やっと暴れられるとばかりに好戦的な笑みをたたえた。

「《相似属性災爆炎弾《ゲストラ・エイズム》》」

彼女の手の平に魔弾が構築される。それは指定した魔法に属性を似せる魔弾。火口に張られた結界と相似属性だった。

「《災禍相似入替《バシュッツ》》」

結界と《相似属性災爆炎弾《ゲストラ・エイズム》》が入れ替わった瞬間、派手な爆発が巻き起こる。

火口の隔壁が閉じてそれを阻《はば》んだが、しかし僅かな穴が開いた。俺はそこへ《創造建築《アイリス》》で作った人形を二つ投げ込んだ。

人形が内部に入った直後、新たな隔壁が閉じられ、穴を塞ぐ。だが、もう遅い。

「《災禍相似入替》」

視界がぱっと切り替わり、俺とコーストリアは隔壁の内側、デネブ地下基地への入り口へ入っていた。

「《災淵黒獄反撥魔弾《レイル・フリーエル》》」

コーストリアが日傘を開き、ぶら下げた六発の魔弾を放った。それは基地の壁という壁、魔法障壁という魔法障壁に乱反射して、威力を増大させつつも、その施設を破壊していく。

基地の守りが弱まったところで、俺は魔法陣の砲塔を下方へ向けた。

黒き粒子が七重螺旋《らせん》を描く。

「《極獄界滅灰燼魔砲《エギル・グローネ・アングドロア》》」

放たれたのは終末の火。圧倒的な滅びの塊を、二発、三発、四発と撃ち放ち、デネブ地下基地を真っ黒に炎上させた。

火山要塞デネブ。魔弾世界の大半を占めるその巨大な山岳が悲鳴を上げるようにガタガタと揺れ、内部の結界や隔壁が黒き灰に変わり果てていく。

「我が名は二律僭主《にりつせんしゅ》」

基地中に響くように、俺は魔力で声を飛ばす。

「出てくるがよい、大提督ジジ・ジェーンズ、神魔射手オードゥス。さもなくば、ご自慢の要塞は今日、滅びることになる」

続く

あとがき

銀水聖海の設定を考えた際に、そのうち書きたいと思ったのが、歌を秩序とする世界の話です。そこにファンユニオンが行くことになったら面白そうだな、というのを漠然と考えていました。

実際に形にしましたのが、今回の吟遊世界です。なにより歌が大切な世界で、ファンユニオンがどんな風に関わると面白いのか色々と悩みました。最初に思いついたのがファンユニオンの歌う歌が、なにかを救う、というシンプルな構造でした。ただそれだけだと物足りないというか、吟遊世界に生きている人たちはなにを考えて、どんな夢を追っているんだろうか、そういったことが気になり始めました。

吟遊世界に生きる人々の夢を描きたい。その夢をファンユニオンと一緒に歌うような話になればいいかも、と思いついたのが本章を書き出したきっかけだったように思います。

次第に頭の中にイメージが湧いてきまして、大きな憧れを追い続ける少女と、奇跡を待ち続ける少女、二人の歌と青春の話を書いてみたいと思いました。

夢は必ず叶《かな》う、と断言できるのは若者の権利なのかな、と最近思います。私も昔はそう信じていたように思いますが、歳《とし》を重ね、様々なものを体験し、また見聞きしたことで、段々と手放しでは絶対に叶《かな》うと言い切れないようになってきました。

努力ではどうにもならない現実の壁というものが世の中には確かにあって、それが往々にして夢を阻《はば》むのかもしれません。それでも、私が思うのはどうにもならない現実はあるけれども、夢は形を変えて叶《かな》うのではないか、と。最初に願ったのとは違う形かもしれませんが、きっと信じ続け、努力を続けた人たちには、最初に願った夢以上の報われるものがあるのだと信じたいです。本章はそんなことを思いながら書きました。

さて、今回もしずまよしのり先生には素晴らしいイラストを描いて頂きました。銀水聖海編から登場した人物も沢山デザインされてきまして、とても嬉《うれ》しいです。

また担当編集の吉岡《よしおか》様には今回も大変お世話になりました。ありがとうございます。

最後に本作を最後までお読みいただきました読者の皆様に、心からお礼を申し上げます。本当にありがとうございます。

魔弾世界の本拠地に乗り込んだアノスたちはどうなるのか。続きも精一杯書いていきますので、応援いただけましたら嬉《うれ》しく思います。

二〇二三年七月一四日　秋《しゅう》

本書に対するご意見、ご感想をお寄せください。

ファンレターあて先
〒102-8177　東京都千代田区富士見2-13-3
電撃文庫編集部
「秋先生」係
「しずまよしのり先生」係

本書は、「小説家になろう」に掲載された『魔王学院の不適合者　～史上最強の魔王の始祖、転生して子孫たちの学校へ通う～』を加筆修正したものです。
※「小説家になろう」は株式会社ヒナプロジェクトの登録商標です。

電撃文庫

魔王学院《まおうがくいん》の不適合者《ふてきごうしゃ》 14〈上〉
～史上最強《しじょうさいきょう》の魔王《まおう》の始祖《しそ》、転生《てんせい》して子孫《しそん》たちの学校《がっこう》へ通《かよ》う～

秋《しゅう》

2023年９月10日　初版発行

発行者　山下直久
発行　株式会社KADOKAWA
〒102-8177　東京都千代田区富士見2-13-3
0570-002-301（ナビダイヤル）
装丁者　荻窪裕司（META＋MANIERA）
印刷　株式会社暁印刷
製本　株式会社暁印刷

●お問い合わせ
https://www.kadokawa.co.jp/（「お問い合わせ」へお進みください）
※内容によっては、お答えできない場合があります。
※サポートは日本国内のみとさせていただきます。
※ Japanese text only

※定価はカバーに表示してあります。

ISBN978-4-04-915122-0　C0193　Printed in Japan

電撃文庫　https://dengekibunko.jp/

電撃文庫DIGEST　9月の新刊

発売日2023年9月8日

魔王学院の不適合者14〈上〉
～史上最強の魔王の始祖、転生して子孫たちの学校へ通う～

著／秋　イラスト／しずまよしのり

世界を滅ぼす《銀滅魔法》を巡って対立する魔弾世界とアノスたち。事の真相を確かめるべく、聖上六学院の序列一位・エレネシアへ潜入調査を試みる――!!　第十四章《魔弾世界》編、開幕!!

ブギーポップは呪われる

著／上遠野浩平　イラスト／緒方剛志

県立深陽学園で流行する「この学校は呪われている」という噂は、生徒のうちに潜む不安と苛立ちを暴き暗闇へ変えていく。死神ブギーポップが混沌と無情の渦中に消えるとき、少女の影はすべてに牙を剥く――

はたらく魔王さま!　ES!!

著／和ヶ原聡司　イラスト／029

真奥がまさかの宝くじ高額当選!?　な日常ネタから恵美たちが日本にくる少し前を描いた番外編まで！『はたらく魔王さま！』のアンサンブルなエントリーストーリー！

ウィザーズ・ブレインX
光の空

著／三枝零一　イラスト／純 珪一

天樹錬が世界に向けて雲除去システムの破壊を宣言し、全ての因縁は収束しつつあった。人類も、魔法士も、そして大気制御衛星を支配するサクラも見守る中、出撃の準備を進める天樹錬と仲間たち。最終決戦が、始まる。

姫騎士様のヒモ5

著／白金 透　イラスト／マシマサキ

ギルドマスター逮捕に揺れる迷宮都市。彼が行方を知るという隠し財産の金貨百万枚を巡り、孫娘エイプリルにも懸賞金がかかってしまう。少女を守るため、ヒモとその飼い主は孤独に戦う。異世界ノワールは第2部突入！

怪物中毒3

著／三河ごーすと　イラスト／美和野らぐ

街を揺るがすBT本社CEO危篤の報。次期CEOの白羽の矢が立った《調薬の魔女》・蛍を巡り、闇サプリをキメた人獣や古の怪異が襲いかかる。零士たちはかけがえのない友人を守り抜くことはできるのか？

飯楽園―メシトピア―
新作 **崩食ソサイエティ**

著／和ヶ原聡司　イラスト／とうち

ジャンクフードを食べるだけで有罪!?　行き過ぎた健康社会・日本で食料国防隊に属する少女・矢坂ミトと出会った少年・新島は、夢であるファミレスオープンのため「食」と「自由」を巡り奔走する！

ツンデレ魔女を殺せ、と女神は言った。
新作

著／ミサキナギ　イラスト／米白粕

異世界に転生して聖法の杖になった俺。持ち主の聖女はなんと、長い銀髪とツリ目が特徴的な理想のツンデレ美少女で大歓喜！　素直になれない"推し"とオタク。それは異世界の命運を左右する禁断の出会いだった――？

七つの魔剣が支配する

宇野朴人

illustration ミユキルリア

運命の魔剣を巡る、学園ファンタジー開幕!

春——。名門キンバリー魔法学校に、今年も新入生がやってくる。黒いローブを身に纏い、腰に白杖と杖剣を一振りずつ。胸には誇りと使命を秘めて。魔法使いの卵たちを迎えるのは、満開の桜と魔法生物のパレード。喧噪の中、周囲の新入生たちと交誼を結ぶオリバーは、一人に少女に目を留める。腰に日本刀を提げたサムライ少女、ナナオ。二人の、魔剣を巡る物語が、今始まる——。

SWORD ART ONLINE
ソードアート・オンライン
川原 礫
イラスト／abec
「これは、ゲームであっても遊びではない」
《黒の剣士》キリトの活躍を描く
究極のヒロイック・サーガ！
電撃文庫